Animales del fin del mundo

Gloria Susana Esquivel

Animales del fin del mundo

Título: *Animales del fin del mundo*
Primera edición en Alfaguara: marzo, 2017

© 2017, Gloria Susana Esquivel
© 2017, de la presente edición en castellano para todo el mundo:
Penguin Random House Grupo Editorial, S. A. S.
Cra. 5a. A N°. 34-A-09, Bogotá, D. C., Colombia
PBX (57-1) 7430700
www.megustaleer.com.co

Impreso en Colombia-*Printed in Colombia*

ISBN: 978-958-8948-97-3

Compuesto en caracteres Adobe Garamond Pro
Impreso en Panamericana Formas e Impresos S.A.

Penguin
Random House
Grupo Editorial

Si alguien pregunta: «¿Qué son estas heridas que
traes en el pecho?», la respuesta será:
«Son las heridas que me hicieron en la casa de
quienes me aman».

Zacarías 13:6

Como un pájaro pequeño encerrado lejos de la luz
del día:

Así fue mi infancia.

Louise Glück

I

1

El año que conocí a María vaticinaron el fin del mundo.

Los noticieros transmitían con frecuencia especiales en los que numerólogos y astrólogos formulaban hipótesis sobre la hora exacta en la que la Tierra se fracturaría, y papá, al teléfono, intentaba tranquilizarme diciéndome que sólo era un eclipse que apagaría el cielo, sólo por un instante, sólo unos segundos, y que tal vez podríamos verlo juntos.

Cuarenta se suicidaron en California y escogieron el fenobarbital como vehículo para evacuar el planeta. Una familia numerosa acabó con las existencias de enlatados en un pequeño pueblo de Alemania, lo que obligó a sus vecinos a ir por víveres, en pleno invierno, al municipio más cercano, y esto causó uno que otro caso de hipotermia. Un viejo en Australia vendió todas sus propiedades y durante seis meses vivió a la intemperie sobre su colchón comiendo baldes de pollo frito, mientras esperaba a que un asteroide se lo tragara.

Pero acá nadie se tomaba en serio los rumores del Apocalipsis, pues había otras urgencias.

En la casa, la única preocupada con la noticia era yo. Cada reporte que escuchaba me hacía temblar, y le pedía a mamá, entre susurros, que hablara con los abuelos y con Julia para tener un plan de contingencia por si llegaba a pasar algo: armar un cambuche en la sala de la casa o huir hacia la costa en el carro de la familia. Sin embargo, ella no me tomaba en serio y, en lugar de atender mi llamado de alerta, me agarraba por el cuello y comenzaba a experimentar nuevos peinados sobre mi cabeza. Yo me quedaba muy quieta mientras mamá insertaba cintas y diademas en mi pelo, y me ponía a mirar lejos, frustrada, pues no podía creer la manera en la que ella había decidido ignorar la posibilidad de que un meteorito nos llevara por delante.

Tenía seis años y había perdido dos dientes.

Cada vez que me acercaba a hablar con mi madre sobre el fin del mundo, ella se moría de la risa. Era una de las pocas veces en las que cambiaba su rictus ausente y parecía distraerse un rato. Me llenaba la cabeza con besos y luego se ponía muy seria y me pedía el favor de que les repitiera toda esa retahíla nerviosa a los abuelos, pues ellos se morían de ganas de conocer mi voz. Sin embargo, sus estrategias de persuasión resultaban en vano. Desde el momento en el que había aprendido a hablar, también había resuelto ahorrarme la mayor cantidad de conversaciones posibles. Recuerdo que, en ese entonces, las palabras se sentían como sanguijuelas frías que reptaban por mi vientre. Cada vez que iba a enunciarlas, sentía retorcijones intensos que me subían por la espalda. Para evitarme esa sensación incómoda, aprendí que los dedos de la mano eran suficientes para comunicarme. Aprendí también que las conversaciones que importaban eran las que tenía con mi madre, siempre atenta a proveerme de cualquier cosa que necesitara del mundo exterior, y las pocas que tenía con mi padre cuando llamaba por teléfono. Además, disfrutaba enormemente de ese silencio dulce y propio, que hacía que mantuviera los ojos bien abiertos y que me permitía percibir cualquier peligro en mi entorno.

El mutismo agudizaba mis sentidos y me mantenía alerta frente a cada señal que predecía catástrofes. Como la posible expansión del cosmos. O el envejecimiento irremediable de las estrellas. O la amenaza latente de que un día cualquiera el Sol estuviera a punto de tragarnos.

Justamente eso fue lo que ocurrió una mañana, a eso de las siete.

Mientras Julia cantaba para acompañar la larga labor de limpiar los pisos marmóreos de la primera planta, la abuela intentaba decidirse entre tres posibles atuendos. El abuelo tomaba una ducha y mamá se disponía a desayunar.

Yo dormía.

El abuelo cerraba los ojos para recibir un último chorro de agua fría sobre su cabeza, Julia silbaba. Mamá se levantaba de la mesa y caminaba unos pasos hacia la nevera. La abuela contemplaba, indecisa, un vestido azul oscuro que con cuidado había tendido sobre la cama.

El violento estruendo me expulsó del sueño.

Mamá no sintió que la tierra se agitara, lo que le hizo descartar la idea de que la conmoción se debiera a un terremoto. Frente a sus ojos, las claraboyas que componían el techo de la cocina rugieron de repente y se oscurecieron con polvo de cemento y vidrio que caían del cielo. Las tejas se abrieron y dejaron su horizontalidad; colgaban como si fueran estalactitas en una caverna. Se suspendían, afiladas, apenas a unos pocos centímetros sobre su cabeza. Las mirlas de la abuela, que dormían en su jaula sobre la mesa del comedor auxiliar, aletearon frenéticamente. Chillaban y se estremecían, volviendo la escena de la catástrofe un agudo grito de pájaro. La abuela corrió escaleras abajo y los peldaños metálicos retumbaron, haciendo eco del bramido que acabábamos de oír. Yo sólo atiné a levantarme de la cama.

El abuelo salió de la ducha y llegó desnudo a la cocina sin reparar en que el frío de la mañana y el subidón de la adrenalina habían convertido su piel gruesa y morena en una masa gelatinosa y erizada que latía. Caminé hacia la cocina. Sólo se escuchaba el trepidar de la jaula de las mirlas; el hierro de los barrotes chocando una y otra vez.

Así sonaba el cosmos abriendo su apetito. Un murmullo estomacal anunciaba nuestra muerte.

Con resignación, observé la escena. La abuela lloraba en una esquina de la cocina. Mamá miraba atónita el hueco que se había abierto sobre nuestras cabezas.

El abuelo temblaba.

Desde donde me encontraba podía entrever sus testículos por una pequeña brecha que se creaba entre su pelvis y la toalla con la que se había cubierto. Observé fascinada ese bulbo rugoso que se descolgaba entre sus piernas, como si estuviera espiando las misteriosas costumbres de los vecinos a través de una mirilla.

Sentí el impulso de acercarme y tocarlos.

La casa olía a azufre. El aire se hacía pesado con cada uno de los sollozos de la abuela, que se interrumpieron cuando el abuelo, medio desnudo, me arrebató del suelo y me llevó en sus brazos afuera de la casa. Bajamos las escaleras de caracol, atravesamos corredores y salones y llegamos a la puerta de una gran zancada. Alarmado, preguntó a los vecinos y a Julia, quien llevaba un buen rato caminando inquieta por la acera de enfrente, sobre lo que había sucedido. Nadie parecía entender de dónde había venido ese ruido que imitó la fuerza del agua rompiendo un dique. Uno de los hombres sacó un pequeño radio para escuchar las noticias. Sólo yo parecía entender que un tifón galáctico se aproximaba. Sentí el rozar astringente del pavimento bajo mis pies.

¿Será que se nos va a caer el cielo encima?, preguntó una voz lánguida que pertenecía a la única otra niña que se encontraba en medio de ese grupo de señores confundidos.

Sólo yo escuché su murmullo. Sólo yo oí a María. A sus palabras se superpuso una voz que apareció débil entre la estática del transistor. Narraba algo sobre quinientos kilos de dinamita escondidos dentro de un camión de basura.

2

Vivía con mi madre en la casa de los abuelos. Una confusa caja china en donde maté las horas infinitas de la infancia jugando a las escondidas conmigo misma.

Hacía tres décadas los abuelos habían llegado a la ciudad con algo de capital para expandir su negocio. Compraron la casa, que en ese entonces se perfilaba como un ejemplo de la arquitectura moderna que invadía la capital. La decoraron según mandaban los catálogos, y nunca más volvieron a preocuparse por si los largos sillones de cuero o el revestimiento de madera falsa que tenían todos los gabinetes y electrodomésticos de la cocina volvían a ponerse de moda. Allí criaron a sus seis hijos: tres mujeres y tres hombres que constantemente buscaban rebelarse contra el estatismo que de manera sutil habían impuesto sus padres.

Nada envejecía en esa casa: ni los muebles, ni Julia, ni los abuelos. Mis tíos, por otro lado, pasaron su infancia y su juventud empapelando el escritorio de la habitación que compartían con cromos de álbumes mundialistas que cada cuatro años coleccionaban con paciencia, y buscaban en el rostro envejecido de Müller una prueba de que el tiempo sí pasaba. Mi madre y sus hermanas, por su parte, se dedicaron a coleccionar decenas de pretendientes que caminaban frente a la casa esperando el momento en el que el abuelo no estuviera para entrar a hurtadillas a ese extraño museo. Durante tres décadas se movieron como partículas inquietas, resistiéndose al reposo. Comenzaron y terminaron sus estudios, adquirieron y dejaron vicios, armaron y rompieron familias, tomaron todas las decisiones acertadas y erradas que podían haber tomado dentro de la casa. Luego salieron de ella y jamás volvieron.

Mamá fue la única que regresó. Llegó con una niña en brazos a pedirle a la abuela que la ayudara con mi crianza después de haber terminado su matrimonio y haber perdido su trabajo como azafata. Y yo comencé a crecer dentro de ese laberinto extraño e infinito, velando las largas siestas de mi madre bajo el silencio y la vigilancia pesada de los abuelos y de Julia.

En la segunda planta de la casa estaban los tres dormitorios que alguna vez habían compartido los tíos y que fueron vaciándose con cada una de sus huidas. Reconquisté esos territorios por los que los abuelos rara vez pasaban y que más bien parecían un cementerio de muebles incompletos. Fue en ese lugar donde aprendí a jugar sin más compañía que la base de una cama sin colchón que nadie había reclamado, recolectando las pelusas que se acumulaban en los estantes vacíos de una inestable biblioteca que se inclinaba hacia un lado.

El estudio del abuelo, la cocina y el solar de la abuela también quedaban en ese piso. Eran los únicos espacios de la casa construidos con claraboyas, y desde ahí siempre podía ver el color del cielo. El dormitorio que mamá y yo ocupábamos estaba justo al lado de la cocina, y cada mañana nos despertaba el canto de las mirlas de la abuela que allí dormían. Sólo se podía llegar al solar atravesando la cocina, y sólo se podía subir al dormitorio de los abuelos, que quedaba en la tercera planta, atravesando el solar. De esta manera, nuestro dormitorio, el de las mirlas y el de los abuelos estaban conectados como si se tratara de una serie de vagones de un ferrocarril habitacional que nos mantenía amparados de la inmensidad de la casa.

Abajo el mundo era otro. Desconocido. Cada esquina de la primera planta encerraba un secreto, un rincón, un armario, un corredor o una escalera que no parecía conducir a ninguna parte. La puerta principal de la casa abría

16

a un salón blanquísimo en donde los abuelos hacían sus fiestas. Una lámpara de la cual colgaban cientos de cristales y que, amenazante, se mecía sobre nuestras cabezas resplandecía sobre un piso de piedra jaspeada. De las paredes colgaban enormes tapices que recreaban escenas de romances en la India. Princesas raptadas, músicos descamisados que tocaban la lira y las bailarinas libres en torno a ellos irrumpían en medio de la luz blanca que irradiaban las lágrimas de vidrio suspendidas del techo. Un tocadiscos aparecía en una de las esquinas del salón y, sobre él, la horrible colección de payasos de porcelana de la abuela que a veces me servían como extras en los juegos que protagonizaban mis muñecas. Detrás de ese salón comenzaba una seguidilla de pasillos que actuaban como vectores que comunicaban los cuartos de esa primera planta, todos copias desteñidas de ese primer salón blanco. Lo único que variaba era el tamaño de los tapices, la lámpara y los payasos, que aleatoriamente se hacían más chicos o más grandes en cada uno de esos cuartos, pero su disposición siempre buscaba ser un macabro espejo del salón principal.

Sin importar cuántas veces recorriera los pasillos, algo en mi memoria impedía que recordara cuál corredor llevaba a cuál rincón, a cuál esquina, a cuál cuarto. Cada vez que giraba una perilla me atacaba la ansiedad de una sorpresa no deseada cuando, al buscar el baño de huéspedes, me encontraba en medio del salón de costura de la abuela. Lo que más miedo me daba era pensar que, así como cada uno de esos cuartos era una copia deslucida del salón principal, en la casa también existieran distintas copias de mí.

Imaginaba que me encontraba con otra frágil niña rubia detrás de una de esas puertas. Su piel era gris y seca. Sus pupilas, albinas. Vivía en uno de esos cuartos del primer piso. Era una de mis dobles y su posible aparición me aterraba. Pero a pesar del miedo, jugaba a intentar encontrarla. Sentía que en esa pesadilla se cifraba uno de los secretos de la casa y que, con valentía, tenía que enfrentar el rostro de la otra, que también era el mío. Caminaba con sigilo por el pasillo para que no pudiera sospechar de mi acecho. Tal vez se encontraba en el salón de visitas o en el fondo del gabinete en el que los abuelos guardaban el licor. Me aproximaba con el silencio de un cazador que pacientemente observa a su presa, y me deslizaba por esos rincones en donde se me ocurría que podía esconderse. A veces, la abuela presenciaba ese juego al escondite en el que la única participante era yo e impaciente comenzaba a gritar para sacarme del trance: ¡Inés! Deja de arrastrarte por el suelo. Estás arrugando el vestido que tienes puesto. *Esos no son juegos para una niña.* Y yo, aliviada, huía a la segunda planta dejando atrás la posibilidad del encuentro, al menos por ese día, con ese tétrico reflejo.

En uno de esos confusos rincones se encontraba también la habitación de Julia. Era un espacio amplio, completamente atiborrado de muebles, que contaba con baño y una de las pocas ventanas que daba fuera de la casa. Las dos camas, mesas de noche, tocador y escritorio que de manera superpuesta ocupaban el lugar se transformaban durante el día, mientras ella realizaba las labores domésticas, en caminos montañosos o piedras gigantescas sobre las que me trepaba para refugiarme de un piso que, imaginaba, estaba cubierto de lava o de mocos, y que no me permitía tocar con los pies. Sobre el alféizar tenía varios arbustos de astromelias y petunias que brillaban con esa luz del mediodía que se esparcía por las paredes amarillas de su cuarto. El único atisbo de color que recuerdo dentro del primer piso de la casa. Esto hacía de su habitación uno de mis lugares favoritos, especialmente cuando la lluvia cesaba. Me tendía al sol imaginando que pequeñas membranas púrpura me cubrían todo el cuerpo, y me dejaba llevar por el sueño con la esperanza de que al despertar estaría convertida en una astromelia y que de ahí en adelante mi única preocupación sería la de aprender a mover mis dedos, ahora vueltos hojas y pétalos, como pinzas con las cuales atraparía moscas, polvo y cualquier objeto que osara navegar cerca de mí.

Era Inés planta ornamental. Inés mascota. Inés animal de porcelana, perdida entre los infinitos rincones de la casa y sus silencios.

La casa también estaba habitada por la bestia, que despertaba sin que yo me diera cuenta. A veces, mientras me escondía de mi doble, confundía el corredor que llevaba a uno de los cuartos de costura, abría la puerta equivocada y la encontraba de frente. Furiosa. Resoplando. Pidiendo silencio y maldiciendo porque no podía encontrar paz en su propia casa. Yo cerraba la puerta con cautela y seguía con mis juegos, encerrándola en su propia rabia, sabiendo que era mejor no molestarla, porque al no saber hablar bestia cualquier palabra o gesto podía ser malinterpretado y desatar rugidos y manotazos que me hacían temblar las rodillas.

Por más que intentara estudiar su comportamiento, o intentara adivinar sus ataques, me resultaba impredecible. Julia reconocía en su ira a un caballo desbocado que galopa con furia por el monte sin medir la velocidad y la fuerza de sus cascos, y que sólo se detiene hasta que encuentra un lugar de descanso. Me aconsejaba con prudencia que me quitara de su camino cada vez que escuchara sus gritos y bufidos acerca de papeles importantes, el desorden de mi cuarto o caprichos de muda para los que no tenía tiempo. Reproches ininteligibles. Rugidos indistintos en una lengua que a mi parecer era extranjera.

Si contaba con la mala fortuna de cruzarme por su camino, me mostraba sus dientes y desencajaba la quijada. Acercaba sus caninos afilados a mi rostro y amenazaba con tragarme. En su cara podía intuir un hambre insaciable por mi carne.

Salivaba.

Era inmenso.

Rabioso.

Listo al ataque.

Preso de una fuerza que le permitía levantarme de un solo manotazo y cimbrarme los huesos. Parecía que mi sola presencia lo incomodara. Aullaba y me mostraba sus dientes amenazantes, como si el próximo pedazo de carne que se quisiera llevar a la boca fuera una de mis falanges, y yo bajaba la mirada rápidamente, temiendo quedar atrapada dentro de su boca.

Cuando nos sentábamos en la mesa, le molestaba mi lentitud al comer y se hacía a mi lado lleno de impaciencia. Con sus manos de bestia tomaba la cuchara rebosante de arroz o de sopa y me alimentaba con violencia. El metal golpeaba mi paladar y lo rasgaba, al tiempo que la inmensa masa que se alojaba en mi boca me sofocaba. Yo me apresuraba a deglutir con desagrado, a la espera de la próxima cucharada que se aproximaba con rapidez. Si me atoraba o vomitaba un poco, gruñía con desespero y se alejaba gritando que era una causa perdida. Otras veces tomaba el plato y lo arrojaba sobre mi cabeza sepultándome entre salsa de pasta o avena, y se me quedaba mirando. Tal vez esperaba una respuesta, un grito o un manotazo feroz de mi parte, pero me quedaba paralizada ante su ira, mirando a un punto fijo en la cocina y con el vientre helado y tembloroso.

Yo acumulaba el miedo en el borde de los dientes más flojos y ahogaba mis propios gritos. Recibía sus azotes. Algunos en la cabeza. Otros más sobre el cuerpo. E imaginaba que toda yo me revestía de una armadura hecha a partir de láminas de cobre, que resistente y firme, seca de lágrimas y saliva, podía amortiguar cualquier golpe. Esas láminas retumbaban con cada grito silenciado. Transformaban el eco cómplice de los golpes que resonaban por toda la casa como el estrépito de un trueno.

Pero había otros momentos en los que podíamos compartir en silencio. Acariciaba torpemente mi cabeza mientras tomaba sorbos largos de whisky que estancaba en su boca en un gran buche, dilatando el momento en el que el trago calentaba su garganta, y terminaba con un gran chasquido que lo hacía destilar un aliento a madera agria que se confundía con su *aftershave*. Cuando estaba generoso o contento, me ofrecía un trago con la excusa de que eso calmaría el dolor en mis dientes, y yo lo tomaba con timidez mientras intentaba contener la náusea al sentir el alcohol revolcándome el estómago. Me palmoteaba la espalda felicitándome por mi valentía y tomaba mi rostro entre sus manos gigantescas sacudiéndolo como uno de esos globos de nieve. Entre risas me explicaba que en los bolsillos tenía una cabuya que iba a atar en un extremo al pomo de la puerta y en el otro alrededor de mis dientes para que así todos salieran disparados y finalmente pudiera estrenar una sonrisa nueva. Luego me daba un beso que llenaba mis mejillas con sus babas agrias y se marchaba caminando a paso lento, silbando, con las manos detrás de la espalda.

Sin importar el estado en que se encontrara, esos momentos con mi abuelo siempre me dejaban invadida de una sensación de incertidumbre que se traducía en un cálido chorro de orines que dejaba escapar sobre mis zapatos para aliviar el miedo.

Las gotas tibias empapaban mis calzones, se fugaban y recorrían mis piernas. Ese era un dolor amarillo. Exquisito.
Profundo.

3

No estuvimos mucho tiempo afuera después de la explosión. Presos de un espíritu temerario y curioso, volvimos a la casa y entramos a la cocina para ver el estado del desastre. Allí estaba mamá, hiperactiva y frenética, sacudiendo su cabeza como si estuviera por fin despertando de una larga hipnosis. Me examinó con cuidado para cerciorarse de que no me hubiera pasado nada; mi padre había llamado a preguntar por mí y quería confirmarle que todo estaba en orden.

La abuela sintió que su presión bajaba y se sentó en una silla del comedor que estaba cubierta ligeramente con el polvo de los escombros. Como mamá estaba en la cocina en el momento de la explosión, era la única que estaba herida. Tenía cortaduras superficiales en las mejillas y un tajo un poco más profundo sobre la ceja derecha, por el que se escapaba una gruesa línea de sangre que alcanzaba a recorrer su pómulo de gato y su mentón débil. Con la diligencia de su entrenamiento en primeros auxilios, tomó el botiquín y se lavó a sí misma, se cosió a sí misma y se tranquilizó a sí misma, como si el rostro que aparecía frente a ella en el espejo fuera el de una pasajera con pánico a las alturas a quien debía distraer de una fuerte turbulencia.

Con timidez, Julia también entró a la cocina y mamá se abalanzó sobre ella para revisarle pupilas y reflejos. Reía con cada instrucción que mi madre le daba, y le repetía que ella estaba muy bien y que en el primer piso sólo se había escuchado un fuerte estruendo, pero nada diferente al sonido seco que hacían los exostos de los buses cuando se encontraban tapados. Las mirlas habían parado su aleteo. Seguían chillando a pesar de que sus cabezas estaban ahora recogidas dentro de sus alas, transformadas en corazones emplumados que palpitaban con zozobra. Desde el marco de la puerta observé a los pájaros con cuidado, sin darme cuenta de que yo también me había encogido con temor. Atrincherada cerca de la entrada de la cocina, no me atrevía a ir más allá por miedo a que nuevamente el mundo amenazara con acabarse. Distraída dentro de mi propio miedo, alguien me dio un golpecito en la espalda, que todavía siento como la carga eléctrica de mil anguilas.

Desconcertada, viré mi cuerpo y encontré a María.

Con premura, Julia intentó organizar un relato para explicarle a la abuela las razones por las cuales esa otra niña estaba dentro de la casa, pero la mirada fría e impaciente de la patrona recorría el cuerpo de su nieta de arriba abajo con desconfianza.

Sin reparar en el ambiente gélido que su presencia había causado, María me tomó de la mano y me pidió que le mostrara todos mis *juguetes de rica*. Yo estaba desconcertada, pues era la primera niña que veía en mucho tiempo y no sabía muy bien cómo acercarme a ella. Inés cervatillo olisquearía detrás de sus orejas y sus nudillos para romper el hielo. Pero, antes de que pudiera ceder a ese instinto, ella ya me estaba llevando arrastrada hacia mi cuarto para que jugáramos a la peluquería con mis muñecas.

Como si hubiera sido poseída por una mujer entaconada, María comenzó a impostar una voz servicial que daba la bienvenida al salón de belleza. Y con la mano derecha agarrada a mi mano y la izquierda aferrada a la cabeza rubia de Natalia Josefa, salimos disparadas hacia el baño en donde, sin pudor alguno, abrió los dos chorros del lavamanos que ahora oficiaba como lavacabezas.

—No, pero mi señora, usted cómo va a dejar que el pelo de la niña esté tan feo. ¡Uy! Pero si lo que tiene son piojos, vea, va a tocar aplicarle un producto especial —dijo, mientras tomaba unos jabones miniatura en forma de corazón con los que la abuela decoraba el baño y que olían a frutas secas, o a flores disecadas, o a cualquier otro aroma de encierro. Comenzó a refregar con fuerza la cabeza de la muñeca que abría y cerraba los párpados con cada movimiento enérgico de mi amiga. En la cocina se escuchaba a la abuela reprochándole a Julia su indiscreción, a la vez que vociferaba que no jugáramos con agua. Pero era como si María no escuchara los regaños. Tomó un manojo de Kleenex y los emplastó sobre la cabeza de Natalia Josefa que, estoica, aceptaba ese trato brusco.

Con la llegada de María, la casa había renunciado a su mutismo.

Nos pusimos a dibujar y yo pinté un sol oscuro y grande hecho con todos los colores, justo como imaginaba que sería el eclipse del que tanto hablaba mi padre. María me regañaba porque mi dibujo era descuidado y no se parecía en nada a los suyos, compuestos con trazos suaves y con tonos que se asemejaban más a la realidad. Yo dibujaba casas chuecas habitadas por hombres de piel verde que tenían osos como mascotas, y ella componía paisajes con montañas florecidas, ríos con peces brillantes y pájaros que surcaban el cielo. Siempre con la radio de fondo, escuchando baladas que contaban la historia de una mujer que sobre una alfombra de hierba volaba dormida o de un misterioso muchacho que se llamaba Marco y que se marchaba para no volver.

María cargaba con ella un pequeño morral rojo de las Tortugas Ninja en donde guardaba sus pertenencias más valiosas: dos tarros de escarcha dorada que solía poner sobre su ombligo con vaselina y que la hacía sentir como una de las animadoras del programa de concursos para niños de la televisión peruana, que pasaban los sábados en la mañana; un collar de perlas plásticas que le quedaba chiquito; una pequeña caja de acuarelas de colores primarios que usaba para pintar su cara; una bolsita de tul en donde guardaba piedras y arroz crudo, y que nos vino bien cuando jugamos a preparar comida, y un espejo que tenía dibujada en el dorso a la protagonista de una serie francesa de muñecos animados.

Esa tarde también jugamos con Laura Carolina, mi muñeca favorita, y Angélica Susana, la suya, a una casa en donde no había novios ni esposos, sino mucha ropa para planchar. En algún momento del juego, una catástrofe sucedía y la casa se incendiaba, o explotaba un carro bomba como el de la mañana. Teníamos que huir con nuestras hijas, primero hacia la piscina y luego hacia la nieve. Cuando finalmente lográbamos establecernos, lejos de las amenazas, comenzábamos a trabajar en un restaurante o en una agencia de viajes en donde garabateábamos cheques y comerciábamos con láminas coleccionables que fungían como valiosos billetes de un millón de pesos.

A veces la bestia, furiosa, interrumpía nuestros juegos pidiéndonos que hiciéramos menos ruido. Otras veces era la abuela quien me llamaba a un lado y, con un tono de voz seco, me decía que no estaba de acuerdo con que yo le prestara mis muñecas a María y que debía estar atenta a que nada quedara faltando después de que se fuera. No le hacía mucho caso y volvía a mi cuarto, lista a responder nuevamente a la pregunta sobre qué íbamos a hacer luego, con la que María siempre me recibía, como si de mí dependiera el contoneo acelerado y delirante que tuvo esa tarde junto a ella.

Mientras jugaba con María, vi las siluetas de unos hombres que vinieron a reparar el techo, retiraron las tejas y pusieron unas lonas gruesas sobre el agujero de la cocina como solución provisional. Me acuerdo de la abuela, reunida con sus amigas para jugar a las cartas, y del abuelo chillando órdenes, saliendo y entrando a su estudio durante toda la tarde. También recuerdo que ese fue el día en el que, por primera vez en años, mamá salió de la casa y volvió asombrada con todo lo que había visto afuera. Estaba tan maravillada que sonreía, cantaba y se olfateaba mechones de pelo, mientras comentaba lo mucho que le fascinaba ese olor a gasolina seca que tenía la ciudad y que se le había quedado prendido.

Después de que María se fue, en la noche, las sábanas de la cama se sintieron tan pesadas como tablones de madera. Me retorcí entre ellas intentando alejar de mí su peso sofocante. Mamá quiso dormir conmigo y cantarme boleros al oído para que pudiera estar tranquila. Hundí mi nariz en su cabeza y puse un grueso mechón de su cola de caballo en mi boca. Dejé que su canción opaca me arrullara, mientras acariciaba su cabello entre mis labios e intentaba adivinar el sabor de la ciudad.

No entendía lo que había pasado ese día: la explosión, María, sus juegos… todo me inquietaba. En el duermevela venían a mí preguntas sobre si el cielo finalmente se nos iba a venir encima, pues ahora tenía una amiga y estaba convencida de que juntas podríamos resguardarnos del cosmos hambriento, de los golpes de la bestia, de mi doble y de la inmensidad de la casa de los abuelos. Le di varias vueltas a estas ideas y, justo antes de quedarme dormida, tuve una intuición fulminante. Tal vez esta era la hora de hacer una nueva casa. María, mi padre, mi madre y yo: todos estaríamos allí. Ya no necesitaríamos más a los abuelos y las mirlas ya no anunciarían con zozobra la llegada del fin del mundo.

Pronto se acabaría el miedo.

4

El rostro de mi padre cambiaba con cada una de sus apariciones. A veces llevaba un oscuro bigote que lo hacía ver como un galán ridículo, otras se dejaba el pelo un poco más largo y algunas canas alcanzaban a asomarse tímidas entre su tupido cabello negro. De repente, decidía usar unas gafas de sol estilo aviador que lo hacían ver muy apuesto o se dejaba crecer la barba para parecerse a un cantante de baladas románticas salido de otra época. Me costaba reconocerlo. Como estrategia para poder identificarlo, me fijaba en sus manos, pues eran lo único que jamás cambiaba. Grandes y toscas, con el dorso repleto de manchas causadas por el sol, me recordaban a los caparazones opacos de las tortugas que habíamos visto en una tienda de mascotas en el centro, un día en que había pasado por mí para llevarme al doctor. Las pocas veces que lo veía, fantaseaba con que ese sería el día en el que huiríamos para estar juntos. Antes de salir de la casa, iba al dormitorio y en silencio me despedía de cada uno de mis juguetes, prometiéndoles que pronto volvería por ellos. Bajaba las escaleras con premura, esperando encontrarme con la otra que vivía en la planta baja para contarle que yo no volvería, y proponerle como tregua que se fuera a vivir al segundo piso para que así mamá y los abuelos no me echaran mucho de menos. Salía de la casa con una gran sonrisa y me montaba en su auto, recostaba la cabeza sobre sus piernas y me adormecía, mientras él movía con agilidad los pies sobre los pedales.

Pasábamos toda la tarde fuera de la ciudad, pues a papá le gustaba llevarme a lugares en donde yo pudiera estar cerca de los animales. Cuando estábamos juntos, mi padre se tendía bocabajo y me pedía que caminara sobre él. Con pasos firmes de funámbula atravesaba sus piernas, masajeaba sus nalgas con las plantas de mis pies y, finalmente, recorría la espalda trazando un camino rectangular que me llevaba desde la parte baja hasta los omoplatos y luego de vuelta hacia las piernas. El cuerpo de mi padre era un sendero a veces firme, otras veces blando, que debía andar con cuidado. Cuando quería que el masaje terminara, comenzaba a sacudirse e intentaba tumbarme. Al caer, me tomaba entre sus brazos, me mimaba con una ternura brusca, me ponía bocarriba y me hacía cosquillas. Comenzaba por la barriga hasta llegar al cuello. Se tardaba mucho en trepar mi cuerpo con sus dedos, como si disfrutara al dilatar mi agonía. Yo me convertía en un solo espasmo alegre que le hacía resistencia a su tacto. Entre risas, intentaba apresar sus dedos bajo mi barbilla para que cesaran los ataques. Él lograba escabullirse y continuaba la lucha, haciendo brotar de mí una carcajada poderosa que se me adhería a las paredes del vientre y que amenazaba con ahogarme. Cuando me encontraba al borde de la asfixia, se acercaba y comenzaba a comerme a besos. Primero, con unos suaves en la frente que luego se volvían rápidos e insistentes picotazos en el cráneo. Después me tomaba por el cuello, acercaba sus mejillas a las mías y comenzaba a restregarme su barba incipiente. A veces él agarraba con mucha más firmeza mi garganta y, en la emoción del juego, no se daba cuenta de que me estaba haciendo daño. Yo envolvía mis labios alrededor de su cuello y lo llenaba de baba. En el momento en el que sentía que no aguantaba más, hincaba los dientes con fuerza.

Papá paraba y nos moríamos de la risa.

Yo era sólo suya. La piel de mi padre sabía a sal.

Luego, cuando llegaba la noche, volvíamos a la casa de los abuelos. Medio dormida, medio despierta, intentaba perseguir algún avión que alumbrara el cielo, hasta que lo perdía de vista. De vuelta en el portón, yo me trepaba a su cuerpo como una garrapata y esperaba a que él me dijera que no lo soltara nunca, que hoy dormiríamos juntos y que haríamos de su cuerpo mi nueva casa. Él timbraba y esperaba a que Julia desenredara la madeja de llaves que abría cada chapa de cada verja de las que protegían la fortaleza materna, y me entregaba desgonzada en sus brazos. Daba media vuelta, entraba en su carro, encendía las luces y yo me quedaba mirando cómo, cada vez más lejos de mí, la noche se lo tragaba.

5

Después de la explosión, mamá parecía invadida por una nueva energía que la hacía corretear por toda la casa, salir, entrar y volver a salir frenéticamente como un moscardón inquieto y ruidoso. En alguno de esos ires y venires entusiastas había logrado convencer a los abuelos para que dejaran que, al menos una vez por semana, Julia trajera a María para que jugara conmigo.

Ahora sé que lo que sentía en ese entonces era ansiedad. La espera de un próximo encuentro con María hacía que se me llenara el pecho con un gorgotear que expulsaba con un ataque de risa. Sólo podía pensar en ella y en sus juegos. En la manera en la que había alineado todos mis peluches en filas de a cuatro para jugar al bus, y luego cómo los había reordenado nuevamente en círculo para fingir que era la dueña de una cafetería en donde tenía que atenderlos con diligencia. También reía cada vez que intentaba recordar los chistes y adivinanzas que me había dicho esa tarde, y antes de poder siquiera repetírselos a la abuela, sentía el atropello de las carcajadas acumulándose en mi garganta como si fueran un río continuo que me arrastraba con su corriente alegre y me llevaba a preguntarle a Julia por mi amiga. Ella se emocionaba tanto de escucharme hablar, por fin, que no respondía nada sobre su nieta, sino que comenzaba a vocalizar frases aleatorias muy lentamente y a pedirme que las repitiera, como si se tratara de una grabación de un curso de idiomas que busca que el oyente practique la pronunciación de la nueva lengua.

Mamá sabía que María me hacía bien. Se sorprendía con mi risa, con mis intentos de conversación con Julia y con una nueva valentía adquirida en pocos días que me impulsaba a salir a la calle a acompañar a la abuela a hacer las compras, sin importar el temor que me causaban las criaturas feroces que se paseaban por la acera de enfrente. Además, había dejado de orinarme en la cama.

Después de la explosión, ella también estaba distinta. Se veía mucho más despierta, fuera de la casa, con un fulgor vivaz que le incendiaba el rostro.

Desde hacía un par de años la rutina de mi madre se componía únicamente de siestas que alternaba con largos baños de tina a puerta cerrada. La abuela me pedía que cada hora y media entrara a preguntarle si iba a tardarse mucho más, y lo que me encontraba al otro lado de la puerta era un cuerpo frágil que parecía estar compuesto de cartón y alfileres, y que tiritaba dentro de la bañera. Yo la observaba en silencio y me sentaba a su lado hasta que ella se paraba y caminaba desde el baño hasta nuestro cuarto, envuelta en una toalla dejando leves huellas de agua sobre el piso de baldosa.

El resto del día mamá lo pasaba trenzándome el pelo y viendo novelas, o narrándome cuentos que yo escuchaba atenta. Imaginaba el momento en el que viviríamos con mi padre y sería él quien, tendido a nuestro lado, escucharía todas esas historias fantásticas. Nos acostábamos una mirando a la otra, y la cama se volvía un espacio tibio que me protegía del miedo. Mi madre me hablaba de una niña que también se llamaba Inés pero que era princesa de un lugar remoto. No lloraba nunca y ese era su secreto para ser la gobernante más bella y más justa de todo el reino. Me contaba también de príncipes que se peleaban por su amor y de cómo era una niña grande porque se comía todo lo que le servían en el plato. A veces las historias sobre Inés se le agotaban y comenzaba a hablarme sobre su infancia, los juegos bruscos que hacía con sus hermanos, los secretos adolescentes de sus hermanas, las misiones que tenía que cumplir en su trabajo o las veces en que casi había muerto.

34

Tal vez como advertencia, ella solía contarme diferentes versiones de ese primer desencuentro con la muerte, por si alguna vez se me ocurría cruzar las delgadas avenidas que surcaban la casa sin mirar a ambos lados. Cuando tenía siete años, un camión se la había arrebatado de la mano a la abuela mientras pasaban una avenida ligeramente transitada en una ciudad calurosa a la que solían ir de vacaciones. Parece que la abuela se distrajo por un momento con los ruidos de una riña que sucedía en la otra acera y se lanzó a destiempo. Mamá no sintió nada. Despertó en un hospital en donde las enfermeras la llenaron de mimos y gelatina, y en donde pasó tres meses en cama viendo programas de variedades en blanco y negro. De ese primer desencuentro le quedó una fascinación por el olor del yodo y una cicatriz inmensa en su costado derecho que yo solía tocar cuando ella estaba dentro de la bañera. Era tiesa y áspera. Durante mucho tiempo creí que las serpientes que invadían el reino de Inés cuando se portaba mal eran iguales a la cicatriz de mi madre: nudos de carne seca que reptaban bajo la cama de la princesa y que amenazaban con comerle los talones.

Mamá tenía otra cicatriz larga sobre su pubis que no me permitía tocar. Mucho tiempo después me vine a enterar de que a los dieciséis años tuvo que ser operada de urgencias, pues intentó abortar tomando un brebaje viscoso y corrosivo que le recetó una curandera y cuyos compuestos eran maleza, pelos chamuscados y alcohol etílico. Fue efectivo y acabó con la célula que iba a convertirse en feto, pero también perforó su intestino. Mi madre confundió la fiebre y los cólicos con los efectos secundarios de la jalea. Fue una de sus hermanas quien la encontró desmayada del dolor en el baño y quien buscó a los abuelos para que la llevaran a la clínica. Su intestino estuvo a punto de reventarse y de liberar en su torrente sanguíneo un caudal de pus e infección que hubiera sido letal. Con su segunda casi muerte, perdió parte de su tracto digestivo y adquirió una aguda fobia al vómito.

Su tercer desencuentro con la muerte fue justo después de cumplir veinticinco años, cuando decidió, en el último momento, cambiarle el turno a una de sus compañeras y no tomar el vuelo que salía en la mañana. Llevaba cuatro años trabajando como azafata y estaba agotada. Nunca se había permitido una licencia, un permiso o una concesión. Pensaba que cualquier gesto que evidenciara un carácter débil podría resultar en la pérdida de su trabajo, de su vida y de su independencia. Todo esto se lo contaba a mi padre por teléfono y él la escuchaba con poco entusiasmo. Llevaban saliendo unos meses y esta era la primera conversación en la que ella se atrevía a abrir un espacio de vulnerabilidad. Para mamá, él estaba siendo indiferente. Para mi padre, las palabras de ella eran sonidos pesados, difusos y lentos que se amalgamaban sobre el guayabo que estaba sufriendo después de una interminable noche de juerga. Mamá estalló en ira y decidió que no quería estar más con él. Ya no lo veía. Ya no se internarían durante ese fin de semana en un motel en el norte de la ciudad. Ya no compartirían jornadas eternas de películas porno y comida chatarra. Pero tampoco le comunicaría su decisión de dejarlo plantado.

El avión en el que ella debía viajar explotó a 13.000 pies de altura. El corazón de mi padre también lo hizo cuando se enteró de la noticia. Pasaron dos días antes de que él se atreviera a llamar a la casa de los abuelos. Supo que ella estaba sana y salva, pero que había dejado la ciudad y que estaba hospedada en un hotel tomando por fin las vacaciones que tanto ansiaba. Una vez más, había desencontrado a la muerte y sentía que debía irse lejos. Durante tres semanas no pronunció palabra. No quiso tampoco darle alguna prueba de supervivencia. Pensaba en su agonía al desconocer su paradero y la saboreaba con deleite. Fue él quien tuvo que viajar a buscarla, y apenas la volvió a ver le pidió que se casaran. Quería protegerla: blindarse juntos de los accidentes. Presa de la euforia, ella aceptó, y de ese tercer desencuentro nací yo. Colmé el vientre y los muslos de mi madre con estrías, rasgué las paredes de su vagina y perineo, y le traje la angustia perpetua de no saber qué hacer con una niña que dependía enteramente de ella para poder sobrevivir.

6

Esos también fueron los días en los que mamá dejó de dormir en la casa.

Cuando mi madre no estaba, yo era dueña de su reino. Tomaba su maquillaje y junto con María lo esparcíamos sobre mis muñecas intentando emular la delicadeza con la que ella lo ponía sobre su rostro. Las emplastábamos con rubor, lápiz labial y rímel, y las alineábamos frente a nosotras como si fueran una legión de observadoras que habían venido a vernos bailar. Otras veces nos zambullíamos dentro de su clóset para probarnos vestidos y suéteres que todavía olían a ella. María y yo nos poníamos sus zapatos y caminábamos por toda la casa arrastrando en los pies lo que pensábamos que era la adultez. Nuestro objetivo era ser irresistibles, como las mujeres que aparecían en las telenovelas de la noche. Para eso debíamos caminar en línea recta, sin tropezar, bordeando las figuras geométricas que trazaban las baldosas de la cocina.

Cada vez que Julia nos veía jugar, regañaba a María y la amenazaba con no volverla a traer a la casa si seguía cogiendo sin permiso las cosas de la patrona. Yo me reía de la mala cara que ponía mi amiga, y estiraba el cuello y los hombros, orgullosa de cómo me lucían las prendas de mi madre. Yo no creía que los reproches de Julia fueran serios, pues, después de reprender a María, me preguntaba si tenía hambre y nos servía una merienda en la mesa auxiliar. Le entregaba a su nieta un paquete de galletas que había sacado de su bolso, y frente a mí ponía un plato de papas fritas, maní, fruta y chocolates que dejaba a medio comer, pero que tampoco le compartía a mi amiga.

El cantante favorito de María era Juan Luis Guerra. Quería que oyéramos su casete todo el tiempo, y nos aprendimos todas las canciones del lado A y unas cuantas del lado B de tanto ponerlo. Esa era música para darse besos, o al menos eso era lo que ella decía. Nos encerrábamos en el cuarto y nos tendíamos sobre un lecho de sábanas improvisado sobre el piso, mientras escuchábamos llover sobre los cerros. Cada una se ponía un oso de peluche sobre el cuerpo y lo abrazábamos y mirábamos fijamente como si estuviéramos enamoradas. Queríamos recrear esos momentos en los que los protagonistas se besaban con furia. Cuando las escenas románticas aparecían en la televisión, me invadía el impulso de sentarme en el borde de la cama, poner las manos a los lados cerca de las caderas, cruzar las piernas con fuerza y mecerme hacia delante y hacia atrás, hasta que esa sensación placentera me arrastraba al sueño. Aferrada al oso de peluche, volvía a sentir ese revolotear tibio que irrumpía por la parte baja de mi espalda. María se ponía la mano en la boca y comenzaba a lamerla, como si su lengua fuera un salmón ágil batiéndose contra la corriente.

Cerraba sus ojos y sus pies aleteaban al ritmo del aguacero.

Debajo de las sábanas, nuestras pieles se tocaban. Me quedaba mirando la manera en la que el delgado encaje de algodón azul cielo enmarcaba sus hombros y envidiaba sus calzones que tenían escritos los diferentes días de la semana.

Lamía sus axilas que olían a talco.

Rodaba sobre mí y nos volvíamos una maraña de piernas, brazos y lenguas que se ahogaban. Éramos siamesas anudadas por la cabeza, y cada movimiento brusco que intentábamos hacer para desatarnos se volvía un agudo tirón que destemplaba los dientes.

Esos espasmos eran lo más parecido a un palpitar quieto.

Plácido.

Rojo.

Apetitoso.

Una asfixia que latía cerca de los muslos.

María y yo usábamos unos antifaces que alguien había dejado olvidados en algún cajón de los cientos que alojaba esa casa. El que le correspondía a ella era de terciopelo blanco y tenía un hocico puntiagudo, unas diminutas orejas de gato y dos agujeros sobre los ojos que intensificaban su mirada profunda y salvaje. El mío era una careta metálica recubierta con plumas grises de la que se desprendía un pico larguísimo. Sobre la parte de arriba tenía pegadas un par de bolas gigantes de icopor forradas con lentejuelas amarillas, que daban la ilusión de que mis ojos habían sido tragados por esos ojos brillantes de pájaro. Cuando nos poníamos esos disfraces éramos otras. María, la niña pantera, se abalanzaba sobre mí y con sus garras intentaba atraparme. Era brusca en sus ataques y me golpeaba con fuerza. Era feroz e implacable, dos cualidades que la hacían sobresalir en este juego en donde siempre me sacaba ventaja. Sin embargo, yo sabía volverme liviana y grácil cuando era la niña cuervo. La miraba con severidad adivinando sus movimientos y, en el momento en el que la pantera arremetía contra mí, no tenía miedo de morder, hurgar y picotear sus brazos hasta rasgar su piel y dejarla marcada con mis dientes. Luego aleteaba con rapidez y me escabullía entre los rincones de la casa.

Junto a ella me sentía poderosa revoloteando libre por la planta baja.

Ya no le temía a la casa.

Había perdido un tercer diente.

Con nuestros disfraces decidimos trazar un mapa de la casa y, como si fuéramos dos estrategas militares, elaboramos un plan metódico para conquistar y ocupar varios territorios a los cuales yo no me atrevía a ir sin mi amiga. Entre los objetivos principales estaban el cuarto de ropas, los gabinetes del baño de la segunda planta y el estudio del abuelo. Este último era uno de mis lugares favoritos. Me encantaba tenderme bajo su inmenso escritorio de roble y transformarlo en una oficina perfecta en donde podía dibujar y escuchar música sin que nadie me molestara. Esto tenía que hacerlo con muchísimo cuidado, pues una de las cosas que más inquietaba a la bestia era encontrar rastros de mi paso por entre sus cosas. Y aunque mamá me había pedido mil veces que no entrara allí, algunas tardes cuando ella se encerraba en la tina y me dejaba sola con Julia, yo me escabullía con algunas enciclopedias infantiles que descansaban sobre una biblioteca olvidada y me sentaba bajo ese escritorio durante horas a mirar dibujos de posturas de ballet y de tradiciones para celebrar la Navidad en los diferentes países del mundo.

Conocía casi todos los secretos de ese despacho: dónde estaban las barras de limpiatipos a las que les pellizcaba las esquinas para hacerlas bolita y mascarlas, la manera en la que sistemáticamente estaban organizados los papeles, y los diferentes tipos de lápiz que usaba para marcar las hojas de contabilidad de la empresa. Había memorizado perfectamente los rincones de las gavetas y había aprendido la manera de curiosear y explorar esa montaña de útiles de papelería cubriendo mis huellas. Sin embargo, lo que más me inquietaba de esa madriguera misteriosa era un armario que siempre permanecía cerrado y cuya llave nunca había encontrado. Al parecer, nadie había abierto esa puerta, celosamente custodiada por aquella llave invisible. Ni siquiera mamá. Julia tampoco sabía lo que el abuelo guardaba allí, y en reiteradas ocasiones se refería a ella como una puerta falsa, pues nunca le habían dado instrucciones de limpiar u ordenar lo que se encontraba dentro.

Ahora vienen a mí esas tardes en las que me la pasaba revolcando cada resquicio, intentando adivinar cuál llave abriría esa puerta misteriosa, y me concentraba tanto en esa búsqueda que olvidaba borrar mis huellas. Tal vez en ese armario vivía mi doble o era el lugar en el que se encerraba un secreto familiar. Del otro lado podría estar un objeto que probara que esa casa no era mi casa y que por un error yo no estaba viviendo la vida que me correspondía. La bestia, entonces, irrumpía en el estudio y exhalaba toda su fuerza contra mi cuerpo. Para evitar más problemas, la abuela había decidido cerrar este lugar con seguro. Pero, armada de mi antifaz y junto a María, sentía que nada podría impedir que recuperara ese territorio prohibido. Necesitaba encontrar esa verdad que me silenciaban y que yacía detrás de la puerta de ese armario.

Era Inés pájaro clandestino. Inés estratega. Inés pico de cuervo invencible quien, junto con la fuerza de la pantera, derribaría la puerta prohibida.

María y yo tomábamos impulso y desde uno de los extremos del corredor comenzábamos a correr con gran velocidad para lograr la potencia suficiente que nos permitiera estrellar nuestros cuerpos contra la madera y destrozarla. Primero yo, luego ella. Alternábamos el choque como si fuéramos olas que se rompen en la orilla para luego volver a la playa con mucha más fuerza. No sentíamos dolor en los brazos, y cada rebote que dábamos entre la puerta y el suelo nos hacía reventarnos de la risa. El juego seguía hasta que Julia aparecía gritando y batiendo una escoba que amenazaba con golpear a su nieta, rogándole que se portara bien para que la patrona no las sacara corriendo de la casa.

Luego nos sentábamos a la mesa y hacíamos un inventario de los hematomas que nos habían quedado en los brazos, organizándolos de mayor a menor. Nunca pudimos convenir si la ganadora de ese juego era María, que los camuflaba todos detrás de su gruesa piel morena, o yo, que invadida de morados mostraba unos brazos que más parecían el lomo jaspeado de un venado.

A pesar de todos estos intentos, nunca logramos abrir la puerta del estudio del abuelo con la arremetida de nuestros cuerpos.

7

Existe una fotografía en donde María y yo estamos sobre un columpio. Aparezco acomodada de mala manera, escurrida, como si estuviera apoyada sobre una superficie jabonosa, y hago una mueca extraña ante la cámara. Tengo las piernas abiertas. No estoy sentada como la abuela me había enseñado; no estoy sentada como una señorita. Un vestido largo extravía mis piernas y unos zapatos color cereza se descuelgan arriba del suelo. Esto crea la ilusión de que soy infinitamente pequeña. María se aferra con firmeza a las barras del columpio. Sus rizos están desordenados. Lo único que los sujeta es una pequeña hebilla amarilla que pareciera estar resistiendo con fuerza la entropía de su pelo. Lleva una sudadera rosa que tiene estampada la cara de una famosa cantante brasileña que animaba un programa para niños. Su columna está perfectamente recta. Su tez oscura, su espalda ancha y sus largas piernas contrastan fuertemente con mi piel violácea y pecosa, con mis vértebras enclenques. Parecemos la ilustración de un libro de lengua extranjera que quiere enseñar lo que son los opuestos.

Esa foto fue tomada un día en que papá nos llevó al circo. Él quería que yo viera a los animales de cerca y consiguió entradas para uno de los espectáculos. En el camino, no paró de hablar sobre todos esos felinos que desfilarían dócilmente ante nosotros. Mi padre, ahora convertido en niño, abría bien sus ojos y nos contaba las hazañas que harían los acróbatas sobre estructuras de geometrías imposibles. María y yo lo escuchábamos atentas, y al ver la manera en la que el rostro de mi amiga se encendía cada vez que mi padre contaba una anécdota, sentía cómo cientos de garrapatas me cubrían la garganta. Esos celos eran rápidamente ahogados por una marejada de entusiasmo que hacía que nos imaginara a los tres transformando el circo en una nueva casa en donde todos seríamos niños curiosos.

Llegamos a la carpa que tenía una tarima improvisada con heno en el piso y varias filas de sillas plásticas y petacos de cerveza que servían como butacas alrededor del escenario. Estábamos a tiempo para el show central. El gran protagonista sería un hombre que había dedicado los últimos doce años de su vida a cuidar y a entrenar a Chirkán, el tigre de Bengala más viejo de la compañía, y que por medio de comandos no verbales nos mostraría la majestuosidad e inteligencia de la bestia.

Papá insistió en que nos sentáramos al frente. El olor al pelo seco de los animales se mezclaba con el del caramelo de las crispetas, y trazaba una estela aromática y tibia que me hacía sentir una debilidad embriagante.

Con agilidad, el tigre subió sobre un peldaño siguiendo los mandatos del hombre que parecía vestido como si fuera a un safari y se ufanaba de haber logrado un entendimiento mucho más profundo con los animales que con los humanos. Hablaba su lenguaje; juntos eran criaturas salvajes. Puso su mano frente al campo visual del tigre. Este respondió con un zarpazo débil. Parecía que el animal y él se estuvieran saludando. Puso la otra y recibió la misma respuesta. Comenzó a alternar sus manos en un intervalo rápido mientras, entre risas, comentaba cómo Chirkán era un gran campeón de boxeo. La respuesta de la bestia era brusca y enérgica. Parecía molesta. No estaba para espectáculos. El público reía embelesado y aplaudía con hambre de circo romano. Yo no podía quitar mis ojos de ese cuerpo felino y tibio que palpitaba en todas sus dimensiones frente a mí.

Era materia caliente y peluda.

El hombre bajó las manos y el tigre bajó su cola. Después extendió sus brazos y el animal hizo lo mismo. ¡Como *Kung fu, como Kung fu! Mírenlo cómo pelea,* y risas y alaridos del público mientras por las bocinas de la jaula se distinguían los primeros compases de un estridente vallenato. La bestia mantenía la mirada perdida. Su lomo dibujaba patrones hipnóticos; líneas blancas y negras sobre un perímetro amarillo que parecían contener un mensaje secreto para mí. Sentía que era un mandato entrar a la jaula, acercarme al tigre, tomar entre mis manos sus duros colmillos, tentar sus garras, treparme por su cuerpo, tenderme sobre él. Hacer de sus doscientos kilos nuestra nueva casa.

Rugió. Y el zarpazo fue más fuerte.

El público se estremeció. Chirkán había tomado por el cuello al entrenador y lo estaba arrastrando entre sus fauces. Papá extendió su brazo sobre mí, como si quisiera crear una barrera entre la fiera y mis ojos. Yo no quise ver nada. Tenía las manos empapadas en sudor y las piernas convertidas en lombrices. Comencé a dar alaridos que salían de mí como el caudal brioso de un río, dispuesto a arrastrar y a hundir cualquier criatura que se encontrara a su paso. Sin dejar de gritar, posé mi mirada en María que, impávida, contemplaba lo que sucedía. Algunos evacuaban el lugar, otros llamaban a un médico y otros más se agolpaban frente a nosotros intentando entrar a la pista para auxiliar al hombre. Múltiples sombras se movían con rapidez desde el fondo de la carpa y se aglutinaban en la entrada. Mis gritos se hacían cada vez más fuertes, confundiéndose con el rugido de la bestia y generando un tronar que simulaba una tempestad o el zumbido persistente de un enjambre enardecido. Por momentos, los gritos de los otros espectadores competían en volumen con mis chillidos, y yo intentaba gritar más fuerte, como si fuera un ahogado que brinca sobre el agua buscando una bocanada de aire; hasta que mi llanto persistente se convirtió en un sonido similar a la risa de mi amiga por las historias de mi padre.

Frente al tigre, María fue feroz.

Dentro de ese caos, mantuvo la mirada fija sobre la bestia.

Rugió.

Ella lo miró a los ojos y, obediente, el tigre soltó a su presa.

8

Después de darle muchas vueltas al asunto, intuí que lo único que podía explicar la obediencia del tigre frente a María era que ella también era un animal. Una rara especie de niña gato que conocía el lenguaje secreto de los felinos y que se comunicaba con ellos a través de pequeños gestos.

Las señales eran claras: su pelo era mucho más grueso y brillante que el mío y, bajo ciertos golpes de luz, se asemejaba más al pelaje pardo del lomo de un animal que a las enredaderas débiles que crecían sobre mi cabeza. Detrás de las orejas y el cuello descansaba una pelusa negra y delgada que sólo se hacía visible cuando acercaba mi nariz a su rostro, en un intento torpe por adivinar en su aliento rastros de comida para gato. Además, las mirlas de la abuela revoloteaban con pánico cada vez que ella entraba a la cocina, y a pesar de estar mucho más mueca que yo, sus dientes eran afilados y cada vez que me mordía se aferraba con fiereza a mis brazos y a mis manos con su mandíbula fuerte.

Una mañana, mientras jugábamos a correr por todo el garaje de la casa sin pisar las líneas que separaban cada baldosa, me sorprendieron sus movimientos ágiles y lo poco que se cansaba. Con voz muy seria la acusé.

Yo sé que usted es un gato, María, no me diga más mentiras.

María, naturalmente, se burló de mis palabras y de mi pelo de canario. Sin ponerle cuidado, continué con mi argumento y le expliqué que por las noches mi mamá veía en la televisión un programa en el que un señor se convertía en halcón y en oso. María convirtió mis evidencias en una invitación a jugar y comenzó a rugir con impaciencia.

Me negué frustrada. Necesitaba saber por qué ella corría a las velocidades en las que lo hacía, nunca se cansaba de jugar y se veía siempre tan fuerte. Respondió a mis preguntas entre risas. Me dijo que lo que nosotras hacíamos en la casa de los abuelos no se parecía en nada a las tardes enteras que pasaba con sus amigos jugando fútbol. A veces, se montaba en una bicicleta que había rotado por varios tíos, primos y vecinos y se iba hasta donde las piernas le daban. Subía y bajaba las empinadas lomas que quedaban detrás de su casa y se acordaba de mí. Me confesó también que le había preguntado a Julia si algún día yo podría visitarla, a lo que su abuela había respondido con una negativa enfática.

No podía imaginar muy bien esos escenarios de los que María me hablaba. Los abuelos no me dejaban salir sola y nadie se había preocupado por enseñarme a montar bicicleta. Además, yo consideraba peligroso todo aquello que se encontrara en los confines de la casa y me aterrorizaba pensar en lo que había afuera. Le tenía miedo a la calle y jamás se me había ocurrido que podía ser un escenario de juegos.

El barrio de los abuelos estaba lleno de casas enormes que se habían transformado en restaurantes, consultorios médicos y sedes políticas, y era una rareza ver a un niño entre la horda de oficinistas y ancianos que se desplazaban por sus calles. Lo más parecido a un parque quedaba a pocas cuadras, pero estaba cercado por dos avenidas muy transitadas, y cada vez que pasaba por ahí —las pocas que acompañaba a Julia al mercado— las rodillas se me volvían gelatina al sentir el temblor del pavimento por los buses de servicio de transporte público que quintuplicaban mi tamaño. Monstruos de latón enormes que en cualquier momento podrían aplastarme y dejar mis entrañas desparramadas sobre el asfalto, como si fuera una de esas palomas desafortunadas que se cruzaban por su ruta.

Por si fuera poco, en la acera del frente vivía un lobo al que le sangraban los pies. Caminaba con un costal al hombro y dormía entre cartones bajo el alféizar de una papelería que quedaba cruzando la calle. Sus ojos eran profundos y grises, como el color del cielo antes del aguacero. Cada vez que nos lo encontrábamos, la abuela aceleraba el paso agarrando con firmeza su cartera, y yo, por instinto, me aferraba a ella mordiéndome los labios y bajando la mirada, invadida por el miedo de que con un solo zarpazo el hombre nos arrebatara a la cartera y a mí del lado de la abuela.

Todo lo que pasaba fuera de la casa me hacía sentir muy tensa. Con cada ruido que se asomaba por las ventanas, ya fuera el ladrido de un perro o el croar ronco de una moto, mis huesos se volvían de acero y mi esqueleto se transformaba en una armadura pesada que oprimía el pecho en un ahogo tan profundo como el que sentía cuando la bestia se arrojaba sobre mí para intentar romperme el cuello.

Meses atrás, el grito de una decena de sirenas había interrumpido el silencio que se suspendía sobre la casa en la noche. Las luces intermitentes de ambulancias y carros de policía comenzaron a colarse por las ventanas, y todos corrimos a la primera planta a ver qué sucedía. Diagonal a la casa, en la sede de campaña de un candidato presidencial, la gente comenzaba a llegar inquieta. Desde la ventana yo los veía caminar en círculos al compás del ulular de pitos y alarmas que venían de afuera. La abuela prendió el equipo de sonido de la sala principal y sintonizó el noticiero. Noticia de última hora. Habían disparado. Era el tercer candidato presidencial contra el que habían atentado en menos de seis meses. La voz que salía de la radio era ansiosa y se quebraba constantemente. Nadie sabía la gravedad de las heridas. Todos a mi alrededor especulaban erráticamente. Tal vez las tenía en el pecho. O en la cabeza. Llevaba chaleco antibalas. Pero parecía que no lo llevaba. Su guardaespaldas se había arrojado sobre él para protegerlo. O tal vez quien se había lanzado sobre él era el sicario. El periodista oraba. Quienes estaban fuera gritaban, y las luces blancas, azules y rojas irrumpían como visitantes molestos en la penumbra de la casa. En la radio, los disparos sonaban como el paso de un tren. Mamá decidió prender el televisor para intentar entender lo que estaba pasando. En la televisión, los disparos se oían diferentes. Eran mucho más nítidos, como si alguien hubiera desperdigado millones de canicas sobre un piso de baldosa. Estaba consciente antes de que lo llevaran al hospital. Eso repetían los informes de noticias. Reporte minuto a minuto. La abuela y Julia se unieron a la cadena de oración de los periodistas invocando a todos los santos que pudieran interceder para que se salvara.

Le pregunté a mamá si ella sabía cómo se sentía que una bala entrara al cuerpo, pero se quedó en silencio.

Me acerqué a la ventana. Los carros de policía habían callado las sirenas. Mientras mi rostro se iluminaba con la intermitencia de sus luces, pensé en el plomo reventándose en la sangre.

Las balas debían sentirse como muchos martillazos en los huesos. O como el mordisco prolongado de un ejército de hormigas.

Al cabo de un rato, tanto las patrullas como las personas que se habían reunido en la sede se marcharon.

Al parecer el hombre había muerto.

9

María quería que trazáramos un plan para que yo le perdiera el miedo a la calle. Se había aburrido de esperar a que la puerta del estudio del abuelo fuera liberada de su custodia y deseaba conquistar otros territorios indómitos.

Esa mañana estaba muy aburrida del encierro de la casa y se había empeñado en ir a la tienda de la esquina para comprar una paleta de mora en donde venían como premio unos colmillos de vampiro que brillaban en la oscuridad. El plan me parecía bastante arriesgado, y le recordé con antipatía que ella no tenía plata para comprarse ningún helado. Le propuse que esperáramos a que mamá volviera de la casa de su amigo para que ella nos acompañara y nos comprara todos los chicles, frunas y cigarrillos de chocolate del local. Inventaba historias sobre lo que nos pasaría cuando nos comiéramos todos esos dulces; de cómo las tripas se nos forrarían de azúcar y cómo por nuestras venas correría una sustancia verde con sabor a tutifruti en lugar de sangre. Hasta le juré que si cambiaba de opinión, le regalaría cualquier muñeca que escogiera. Pero María se inquietaba con el encierro y seguía empeñada en salir a la calle. Cada vez que podía se acercaba a las ventanas o se tendía cerca de la puerta de la entrada para intentar adivinar lo que sucedía del otro lado. A veces se ponía tan impaciente que parecía como si estuviera en cuatro patas arañando el piso del vestíbulo, exigiendo un poco de aire fresco. Todos sus reclamos eran ignorados por la abuela y por Julia, quien no tenía un instante libre para llevarnos al parque entre todos los oficios que tenía que terminar para mantener la enorme casa limpia y por los que incluso, a veces, obligaba a María a limpiar el polvo.

—Yo le prometo que no nos va a pasar nada —su voz seductora intentaba convencerme.

—María, no —respondí con firmeza—. A mí me da mucho miedo. ¿Qué tal que se den cuenta?

Nadie se va a dar cuenta. Se lo juro.

Seguí el juego y comencé a inventar nuevos planes de escape. Medio en chiste, medio en serio, le propuse que nos pusiéramos nuestros antifaces. Con el rostro recubierto con lentejuelas y plumas nadie nos reconocería y pasaríamos inadvertidas por la calle. Lo peor que podría suceder sería que Julia nos viera antes de salir de la casa, nos confundiera con las mirlas de la abuela y nos intentara poner de vuelta en la jaula. En ese caso, comenzaríamos a aletear ruidosamente y en la confusión nos quitaríamos los disfraces, revelando nuestras identidades secretas.

Afuera necesitaríamos de los poderes animales de María para que se comunicara con el lobo y le pidiera que no nos molestara mientras íbamos a la tienda. Por medio de su telepatía felina, ella tendría que concertar con él cuál sería el momento más adecuado para que pudiéramos dar nuestra vuelta y así regresar sanas y salvas a la casa. Sin embargo, María pensaba que mis ideas eran una tontería y que lo único que necesitábamos para salir era poner un pie fuera de la casa, con valentía y paso firme, pues probablemente ni Julia ni los abuelos se darían cuenta de nuestra ausencia.

La puerta era pesada y necesité las dos manos para poder empujarla y abrirla. Mis palmas, que estaban empapadas con el sudor de los nervios, se quedaron con el olor ácido del hierro y tuve que frotarlas varias veces contra las piernas para espantar ese tufo metálico. El pavimento era áspero como el costado de una caja de fósforos y, por un momento, pensé que la fricción de mis zapatos de charol contra la calle podría dar comienzo a una combustión minúscula que me consumiría. Di unos pasos tímidos hasta el borde de la acera: la frontera entre la entrada de la casa y la calle, y no me atreví a pisar más allá. María, por su parte, caminaba por todo el medio de la vía sin preocuparse por el eventual encuentro con un auto. Me llamaba a su lado y las piernas no me respondían. Sentía cómo el vértigo se me metía entre la piel. Tuve el reflejo de poner las manos sobre el piso y clavarlas como estacas que pudieran sostener el peso de mi cuerpo. Entre burlas, María se acercó y puso sus manos bajo mis axilas. Me ayudó a incorporarme y me tomó del brazo susurrándome que no tuviera miedo. Me dejé guiar por sus pasos certeros de pantera y pasamos por el frente de dos casas antes de ver a lo lejos que la silueta del lobo se acercaba.

Paré y le pedí que volviéramos a casa. Sus poderes telepáticos habían fallado. Sentí que mi estómago se volvía un huracán miniatura y voraz que pronto se iba a tragar mis zapatos, la calle, las casas, los cerros, a María y al lobo, y ese presentimiento hizo que los ojos se me encharcaran. María no escuchaba mis súplicas y seguía caminando. Repetía que nada iba a pasar y que teníamos que aligerar el paso. Mientras más nos demoráramos, más problemas podríamos tener con los abuelos.

No tuve más remedio que confiar en ella.

Apoyó su brazo sobre mis hombros y caminamos en dirección hacia el lobo. Las piernas me temblaban y no podía despegar mi mirada de su silueta amenazante que cada vez se hacía más nítida. Cada paso que dábamos al frente hacía que mi corazón se volviera un motor encendido que ponía a vibrar mi pecho y mis costillas como si me hubiera tragado una motocicleta o un panal de abejas. El lobo caminaba con la cabeza baja y daba pasos zigzagueantes y erráticos. Quise cambiarme de acera, pero la presión del peso del brazo de María sobre mi cuello era tan fuerte que parecía como si me estuviera guiando por los elaborados pasos de un baile de salón. Mi amiga manejaba mi cuerpo como una titiritera. Estaba atrapada. Respiré profundo y cerré los ojos. El encuentro con el lobo se hacía cada vez más inminente.

Un paso. Otro. Otro más y estábamos frente a sus pies enormes, ensangrentados, revestidos de callos.

Un paso. Otro. Nuestros hombros se encontraron con las rodillas del lobo en el mismo plano.

Alcé la mirada y vi sus dientes gigantescos brillando con el sol. Sus ojos eran tan grises como el pavimento. Tuve miedo de quedarme mirando esas cuencas nubladas y aparté rápidamente la mirada.

Un paso.

Luego el vacío.

El manotazo certero de María quien, sin ningún reparo, me empujó hacia él y se echó a correr.

Como una bolita que sale disparada de una máquina de Pinball, mi cuerpo golpeó contra el costado del lobo, rebotó y volvió a golpear contra sus piernas. Perdí el equilibrio, y en un intento por recuperarlo, abrí los brazos en señal de entrega.

Si el lobo me iba a tomar del pescuezo para llevarme con él, no pondría resistencia.

Los segundos se estiraron.

Caí al piso.

El lobo siguió su camino indiferente ante mi cuerpo, que se encontraba desgonzado sobre la acera, mientras María correteaba en dirección opuesta por toda la cuadra muerta de la risa.

Las rodillas se me convirtieron en volcanes. Se habían reventado contra el concreto y de ellas manaban el ardor y la furia de la sangre como lava hirviendo. Quise romperme en lágrimas, pero la ira del volcán era mucho más poderosa. Imaginé la casa que había construido con papá y María, y supe que su traición no tenía cabida dentro de mi reino. Lancé un grito en medio de la calle, pero esta vez no fue un chillido, sino el tosco gemir de mis entrañas. Me levanté y corrí hasta la puerta de la casa de los abuelos, y cuando estuve en frente comencé a patearla con fuerza. El retumbar del acero parecía el ruido de una tormenta.

María me agarró por detrás pidiéndome que me calmara, pues el escándalo sólo haría que los abuelos se dieran cuenta de nuestra aventura. Alcé mis brazos con fuerza y la espanté de mi lado como si fuera una mosca. No quería que me hablara. No quería que me tocara. No quería sentir su aliento cerca. Julia abrió muy exaltada y vio mis rodillas sangrando. Nos pidió que entráramos rápido, antes de que los abuelos se dieran cuenta del escándalo, y comenzó a regañar a María diciendo que esa sería la última vez que la traería a la casa. Cada una de las recriminaciones que le hacía a su nieta encendía una chispa de venganza en mi rostro que impulsaba al llanto a brotar sin ningún esfuerzo. Julia intentaba consolarme y María también lo hacía tímidamente, pero nada de lo que pudiera decir o hacer lograría calmar mi rabia, que entonces era magma y lágrimas que empapaban mis mejillas.

¿Qué es todo este escándalo, niñitas?

Julia intentó explicarle a la abuela la situación en la que estábamos, pero ella, con voz impaciente, le pidió que atendiera sus labores y que dejara de lado mis caprichos. Además, le reprochó que María siempre estuviera en la casa. Si la niña era una excusa para no hacer su trabajo, era mejor que no la trajera. Interrumpí todos esos regaños con un tono firme y pausado, similar al que ella usaba cuando se dirigía a nosotras:

—Tranquila, abuela. Yo no quiero que María vuelva más a la casa. Me cansé de jugar con ella.

10

Recuerdo a mi padre como una criatura anfibia que quería transmitirme su amor por la natación a como diera lugar.

Papá parecía obsesionado con hacer de mí una nadadora ejemplar, como si ese fuera el único deber paterno que tuviera que cumplir a cabalidad. Yo, por mi parte, creía que detrás de toda extensión acuática se escondía un pozo sin fondo sobre el cual era imposible flotar y que, irremediablemente, la piscina me arrastraría sin misericordia como un inodoro gigante y hambriento, similar al tifón cósmico que acabaría con el mundo. Sin embargo, la devoción ciega que le profesaba a mi padre me llevó a aceptar sin chistar su invitación. Iríamos a un balneario localizado en un pueblo de tierra caliente cerca de su casa. A cambio, él me había prometido inmensa paciencia y que no me haría entrar al agua hasta que estuviera lista.

Después de un par de horas al volante llegamos al lugar. Rodeada de palmas y matas de plátano, entre meneítos y merengues, la piscina parecía grama luminosa surcada por olas que se mecían a destiempo. Sentí el olor del cloro que raspaba mi piel y secaba mi pelo con una abrasión higiénica que se tropezaba con los gritos alegres de los niños que jugaban y corrían por el filo del borde resbaloso y que ignoraban el peligro de las profundidades del agua. Papá no demoró en sumergirse y me pidió que me quedara sentada en una asoleadora que se encontraba muy cerca del borde, para poder cuidarme a la distancia. Sola, bajo el sol, mientras mi padre nadaba a sus anchas, sentí que extrañaba a María. Habían pasado varias semanas desde el incidente con el lobo y, como si se tratara de la densa neblina que cubría la carretera que nos había llevado hasta ese pueblo, la rabia finalmente se había despejado. En su lugar sentía unas ansias inmensas de escuchar su risa estridente, tan distinta a los alaridos de los otros niños que retumbaban por toda la piscina.

Sentada en silencio sobre ese tablón de plástico, veía con recelo cómo ellos se armaban de valentía y se tiraban por un tobogán que desembocaba en la parte más profunda de la piscina. Tuve el impulso de correr para unirme a su festejo. Sin embargo, la sola idea de pensarme dentro de ese corpúsculo viscoso me revolvió el estómago. Sumergida dentro de esa náusea, distraída por los otros niños y sus correteos, perdí de vista a mi padre.

Pensé que esa gelatina neón lo había devorado y me invadió el terror.

No se veía rastro alguno de sus brazos de reptil chapuceando con gracia o de su espalda ancha que, desde ese borde distante, se confundía con la aleta de un tiburón. El pensamiento de no volverlo a ver se me cruzó por la cabeza. Tendría que esperar a que mamá y los abuelos se dieran cuenta de nuestra ausencia y vinieran a rescatarme.

El cuerpo se me erizó con pánico. Estaría confinada a pasar el resto de mis días sobre esa silla.

Cerré los ojos y me aferré a la mano de María.

De repente, sentí que me levantaban del suelo con fuerza. Una sacudida violenta me arrojó dentro del agua. Nos zambullimos juntos. Sentí una asfixia corta y el cráneo hecho un deshielo. Clavé las uñas en su espalda. Luego el silencio más profundo. Las voces de los bañistas, los gritos de los niños y la estridente música tropical se acallaron bajo el agua. Mi cuerpo se volvió liviano. Abrí los ojos. Todo volcado al azul. Piernas que se movían en cámara lenta me rodeaban y yo quería acercarme a ellas. Reboté de vuelta a la superficie. Abrí la boca y recibí una bocanada de aire que me hinchó los pulmones.

No hay que tenerle miedo al agua, amor, susurró mi padre mientras yo, tiritando, me colgaba de su cuello y acercaba mi rostro a su cuerpo húmedo.

Papá puso uno de sus brazos bajo mis piernas y otro bajo mi cabeza. Me pidió que me acostara y que cerrara los ojos. Antes de aprender a nadar necesitaba aprender a flotar. Atravesamos la piscina y, cuando me sentí lo suficientemente cómoda, me pidió que me pusiera bocabajo, sosteniendo la cabeza por fuera del agua. Me sentía segura, como si los brazos de mi padre fueran el resguardo perfecto de cualquier posibilidad de naufragio. Ningún sifón me devoraría, siempre y cuando estuviera cerca de él. Lentamente, los retiró y yo me pude sostener en la superficie. Me pidió que golpeara el agua moviendo las piernas hacia arriba y hacia abajo y, cuando comencé a hacerlo, me dijo que no podía parar hasta que tocara el borde de la piscina, pues podría ahogarme. Llegué a la meta y cansada inhalé otra bocanada de aire que me estremeció los huesos. Me sumergí con tranquilidad hasta que las plantas de mis pies rebotaron contra el fondo de baldosa y nuevamente me expulsaron hacia la superficie. Papá me agarró de la cintura y yo pude oler el cloro abrasivo que se pegaba sobre su piel.

En la noche nos quedamos sentados un largo rato dentro del carro, justo en la entrada de la casa de los abuelos, y antes de que él orquestara la coreografía de mi entrega con Julia o la abuela para evitar encontrarse con mamá, me dijo que tenía otra sorpresa para mí. Sacó una vieja cartilla para aprender a leer y me la entregó. La abrí con cuidado, con temor a que se deshiciera entre mis manos, y él comenzó a señalarme cuáles eran las vocales.

La *a* fue a comprarle un regalo a su mamá.
La *e* se fue con su tía Marta a tomar té.
La *i* fue a comprar un puntico para mí.
La *o* fue a comer tamales y engordó.
La *u* salió en su bicicleta y llegó a Perú.

Luego me indicó cómo sonaban algunas letras y cómo se veía escrito y codificado el sonido que hacían unas al lado de las otras. La primera página de la cartilla mostraba a un niño junto con su madre leyendo un libro semejante al que yo tenía en mis manos. La madre lo miraba con cariño, el niño tenía los labios entreabiertos. La descripción de la lámina era: «mi mamá me mima». La repetí como un mantra hasta memorizar los sonidos combinados de la eme y las vocales. La página siguiente mostraba al mismo niño con un hombre bigotudo que lo abrazaba por atrás.

—Mi papá me ama —le dije a mi padre con fluidez, enseñándole que ya me había iniciado en la lógica combinatoria de los sonidos.

Ahora entendía de resonancias.

Ese día, él me había sumergido dentro del silencio que se escondía debajo de la superficie del agua, y ahora yo le mostraba sin miedo que era capaz de escuchar el ruido que vivía dentro del alfabeto.

Mi padre me felicitó con un beso húmedo y yo me aferré con fuerza a su cuello. Quise explicarle todo lo que había estado pasando detrás de esas puertas, desde siempre. Mi madre y su ausencia, la abuela y su distancia, María y su traición. La bestia. Sus aullidos y la manera en la que perdía la paciencia conmigo y me cimbraba los huesos cada vez que me acercaba a su armario prohibido.

Cuando me pidió que bajara del carro lo miré a los ojos y me armé de valor para describirle todas esas casas que imaginaba junto a él. Mi deseo más profundo era que nos fuéramos lejos, a un desierto en donde cabalgaríamos camellos salvajes y nos alimentaríamos con arroz y huevo, y donde yo no tendría que volver a preocuparme por la rabia de mi abuelo o la tristeza que sentía sobre la lengua cada vez que pensaba en María. Pero las palabras no salieron como lo esperaba.

—No quiero estar más en esta casa —le confesé—. Quiero estar contigo.

Sentí, por un momento, que mi cuerpo se hacía mucho más ligero.

Se quedó mirándome con sorpresa. Tomó mi rostro con sus manos de tortuga y me llenó de besos los ojos.

Me agarré de su cuello y le dije lo mucho que lo quería. Él me miró con ternura y acercó sus labios a mi oído.

—Te prometo que voy a hablar con tu mamá de todo esto. A mí también me gustaría que estuviéramos más cerca.

Nos despedimos con un apretón de manos, como si estuviéramos concretando un negocio importantísimo, y entré a la casa sintiendo que mi corazón tenía el tamaño de un globo aerostático. Subí las escaleras intentando recordar las formas de las vocales.

La *a*, un grano de sal marina.
La *e*, un gato tomando una siesta.
La *i*, el poste de la luz.
La *o*, un caracol sin cabeza.
La *u*, la lengua azul y gruesa de una vaca.

La *a*, una gota de vinagre.
La *e*, una escalera resbalosa.
La *i*, un tajo que sangra.
La *o*, los labios de mi madre.
La *u*, el idioma que hablan las ambulancias fuera de la
casa.

11

Sin María, las tardes se hacían largas y pesadas. Intentaba recrear muchos de nuestros juegos, pero al final resultaban aburridos simulacros de oficinas, supermercados o colegios. Lo único que recibía de vuelta cada vez que tenía una idea para emprender una nueva aventura o echaba un chiste era la mirada fría e indiferente de las muñecas y los peluches que me hacían desistir del juego. La televisión también había comenzado a cansarme, y sólo mataba el tiempo encerrada en mi cuarto, examinando la cartilla de lectura que me había regalado mi padre. Pasaba rápidamente de árboles y ardillas, a focas y faroles que estaban seguidos de indios e iglúes y de koalas y kumis, hasta que llegaba a la página de un pajarote gris y jorobado, el ñandú, que con una mirada hueca y medio bizca miraba a su amigo el ñu, una especie de toro flacuchento que tenía dibujada entre las costillas la piel de una cebra. Podía estar horas y horas trazando con la punta del dedo la silueta de esos misteriosos animales. Intentaba pronunciar sus nombres adivinando el sonido de la eñe y alojando toda su reverberación en la punta de la nariz, arrugándola hasta que no podía aguantar más ese rictus. Pero esos pasatiempos lingüísticos no alcanzaban a igualar la diversión que me proporcionaban mi amiga y sus canciones, y eso me hacía extrañarla mucho más.

Esa mañana, como si se tratara de una casualidad perfectamente sincronizada, levanté el teléfono y encontré a mi padre al otro lado. Al principio me costó reconocer su voz, pues no sonaba tan profunda y cálida como cuando me susurraba al oído datos curiosos sobre animales. Parecía nervioso y, tal vez por la distorsión del aparato, el timbre de su voz era más agudo y a veces tartamudeaba. No era el mismo sonido que asociaba con su abundante pelo negro; un continuo zumbido rítmico y espeso en el cual quería hundir los dedos.

Antes de poder saludarlo, me di cuenta de que del otro lado se encontraba mi madre. Ella también se oía distinta. Sus palabras tiernas y amables eran reemplazadas por un silencio frío que le daba a su voz una acidez similar a la de la abuela.

Papá le pedía a mamá pasar más tiempo conmigo. Pero su voz era temblorosa y había varias pausas entre palabras, como si se tratara del pulsar de un telégrafo. Del otro lado, mamá sólo respondía con un monosílabo tan cortante como contundente: *No.*

Papá se exasperaba y le hablaba de sus derechos. Argumentaba que la pasábamos muy bien y que yo misma le había pedido que estuviéramos juntos. Al escucharlo hablar de mí, el corazón me latía mucho más fuerte. Mi padre era el héroe de los cuentos que por fin se había decidido a rescatarme de las afiladas garras de la bestia y que me llevaría a la casa que tanto imaginaba. Pero mi madre sólo respondía, de manera seca, con varias negativas. Le hacía reproches y mencionaba peleas antiguas que habían tenido cuando estaban juntos. Escucharla responder de manera arisca las preguntas de mi padre, me hizo pensar en el olor de cientos de cabezas de pescado puestas a secar al sol.

Para mí, el tiempo que habían estado juntos era completamente nebuloso, pues nunca los había visto si quiera en el mismo cuarto. Me costaba imaginar que en algún momento previo a mi existencia ellos hubieran compartido el mismo espacio, el mismo aliento. Ninguna fantasía ni juego me permitió entender, en ese entonces, que el único indicio que existía, respiraba, sudaba y salivaba; la única evidencia viva de aquella unión azarosa entre dos extraños, que poco o nada tenían en común, era yo.

66

La voz de mi padre era un estertor que rogaba ser escuchado. La voz de mi madre, por otro lado, se hacía cada vez más aguda y lo interrumpía con reclamos. Mi padre hablaba de cuidado, de responsabilidad y de estabilidad. Mi madre rugía diciendo que nadie jamás la separaría de su hija y que podía poner un abogado si así lo necesitaba. Mi padre hacía caso omiso de las amenazas y continuaba su súplica por un poco más de tiempo conmigo. Yo me sonrojaba mientras fantaseaba con compartir la cama con mi padre. Haríamos una vida juntos donde yo le mostraría todo lo que había avanzado en la cartilla de lectura y él no volvería a abandonarme nunca. Pero los gritos que se repartían de uno y otro lado de la bocina hicieron que dejara rápidamente esos ensueños y me quedara inmóvil mientras escuchaba cómo los insultos crecían con la fuerza de la marea en luna llena.

En medio de alguno de esos zarpazos verbales que mi madre le lanzaba a mi padre, él tiró el teléfono. Ante la inminencia de los pitidos que aullaban por el teléfono y que evidenciaban la distancia entre mis padres, abrí la nariz lo más que pude para inhalar un poco de aire. De repente, sentí como si hubiera sumergido la lengua en un mar compuesto de leche cortada y sal. Las palmas me sudaban. Por todo mi cuerpo comenzó a circular una sustancia viscosa y pálida que hacía que se me revolcara el estómago. Solté el teléfono y me tendí sobre el piso de baldosa para apaciguar la sensación de calor malsano que se trepaba por mi cuerpo. Con la mirada fija en el techo, comencé a tantear el borde de mis dientes con la lengua, hasta que identifiqué uno que se encontraba flojo. Lo hice bailar sobre la encía un buen rato, para así no pensar en la conversación de mis padres que se estrellaba dentro de las paredes de mi cabeza.

Hice de mis dedos una pinza y con fuerza me arranqué el diente.

Lo apreté entre mi puño izquierdo para no perderlo y saboreé la sangre que se acumulaba en la boca. A eso debía saber la carne cruda de un buey. Lamí la palma de la mano derecha y comprobé con mis propios ojos que el líquido que nadaba dentro de mí seguía siendo tan rojo como antes.

12

Esos fueron los días de la pesadilla.

Subía por unas escaleras de caracol hasta lo más alto de una torre, en donde se encontraba mi padre. Los peldaños eran tantos y estaban tan separados que llegar hasta la cima hacía que mis piernas se sintieran pesadas y que estuviera muy cansada para trepar. Cuando creía que finalmente había llegado a la cúspide, entendía que para alcanzar a mi padre tenía que subir hasta una cumbre mucho más alta. Parada en medio de un corredor muy ancho e infinito, veía del otro lado a papá, quien todavía no se daba cuenta de mi presencia. Comenzaba a correr hacia él. De repente veía cómo una sombra, que bien podría ser la silueta de mi madre, abría una puerta diminuta por la que comenzaba a filtrarse un violento torrente de agua. La corriente crecía y arrastraba consigo cuadros, mesas, sofás y lámparas de cristal. Todo lo que encontraba a su paso era tragado por la fuerza del agua. Yo veía cómo ese río irrefrenable se encontraba cada vez más cerca de mí, e intentaba correr hacia el otro lado, donde estaba papá, pero mis piernas se clavaban en el suelo como estacas de plomo imposibles de mover.

Me despertaba empapada en sudor, sintiendo que no podía alojar más el corazón dentro del pecho, pues daba tumbos y se aceleraba. Los gritos despertaban a mamá y ella se sentaba sobre mi cama y ponía sus manos sobre mi espalda esperando a que la taquicardia cesara. A veces me tocaba la frente y las mejillas, y se preocupaba porque la fiebre no bajaba. Me sacaba de la cama y me daba un largo baño que hacía que un temblor gélido me sacudiera desde la punta de la cabeza y que toda la piel se me erizara. Lo único que calmaba el frío que sentía dentro del cuerpo era un trago largo del jarabe rosado y pegajoso que prometía curar todo tipo de dolencias infantiles. El sabor avinagrado que dejaba en el fondo de mi garganta se convertía en una baba caliente y delgada que tragaba para que bajara por el esófago y llegara hasta el estómago, y así se diseminara por el resto de mi cuerpo hasta que volviera a sentir calor. Eran días muy cortos en los que confundía el sueño y la vigilia. A veces, cuando quería caminar para ir hasta el cuarto de Julia o la cocina, mis extremidades se volvían tan pesadas como dos anclas oxidadas, y la sola idea de no poderme mover cuando la ola inmensa inundara la casa, me hacía volver a la cama temblando de miedo.

Una de esas tardes mamá me despertó dándome dos besos en los ojos. Me pidió que la acompañara a la cocina, pues quería preparar una cena especial para los abuelos y para mí. Traía muy buenas noticias. Pasamos el resto de la jornada entre ollas con agua hirviendo y salsa para pasta. Yo la ayudaba a rallar el queso con el cuidado y la minucia de un restaurador de porcelanas antiguas, mientras Julia batía con fuerza claras de huevo hasta convertirlas en una espuma blanca y densa que, como por arte de magia, se mantenía inmóvil, aun cuando ella volcaba el cuenco sobre el que se encontraba la mezcla por encima de su cabeza. Mamá cantaba fragmentos de baladas en español que sonaban en la radio y de vez en cuando nos pedía que le subiéramos al volumen, sobre todo cuando la voz de Luis Miguel hacía su aparición entre el Top 40. El buen ánimo de mi madre se mezclaba con el aroma cálido del queso gratinándose en el horno y de las hierbas sazonando la carne, y esto hizo que por primera vez se despertara en mí un apetito voraz, dispuesto a comerse todo lo que estaba en las despensas y la nevera.

Esa hambre insaciable espantó la fiebre.

El único que parecía fastidiado con la ceremonia era el abuelo. No entendía toda esa parafernalia de servilletas de tela y vajilla fina para una cena como cualquier otra, pero mamá se adelantó a sus reproches y le pidió a Julia que siempre mantuviera su copa llena con vino tinto para emborrachar sus quejas. Era una ocasión especial y ella no iba a dejar que su rabia permanente agriara las buenas noticias que iba a compartir.

Para el momento en el que los abuelos y mamá se pararon de la mesa para ir a la sala a continuar bebiendo, yo me sentía capaz de corretear por toda la casa y hasta tuve la idea de improvisar una golosa en el piso de la cocina. Recordé la manera en la que María me había enseñado ese juego y cambié las zonas de «cielo» e «infierno», por «bosque» y «catástrofe». Estaba muy inquieta y, mientras ellos conversaban sobre el clima y las noticias, yo me metí debajo de la mesa de centro de la sala para jugar tranquilamente al carrusel y a los establos. Mis dedos eran caballos que daban brincos incesantes alrededor de las patas de la mesa. Quería convertirme en ellos y cabalgar por todos los rincones de la casa.

—Conseguí trabajo —escuché decir a mamá por encima de la mesa—. Y no sólo eso. Conseguí un muy buen trabajo.

La voz de mi madre se iluminaba en la distancia con las buenas noticias que quería compartir, pero la abuela respondía a lo que estaba contando con gran indiferencia y escepticismo. No podía creer que mi madre pudiera conseguir un buen puesto, mucho menos conservarlo. Pero mamá continuó describiendo ilusionada sus nuevas responsabilidades y el inmenso tamaño de su oficina. La abuela, cortante, sólo quería saber quién la había ayudado, y mamá se despachó en halagos y buenas palabras hacia un tal Álvaro: un amigo de los abuelos que siempre se había mostrado interesado en pretender a mi madre. Los murmullos de la conversación de los adultos se refundían entre el relinchar de los caballos que galopaban en mi mente.

El tema de conversación cambió abruptamente y el entusiasmo de mi madre se transformó en timidez. Les contó a los abuelos que hacía un par de semanas había comenzado a ver a Álvaro y que él le había ofrecido trabajo. También mencionó que se habían hecho novios. Después de pronunciar estas palabras, agachó los hombros y la cabeza como si estuviera esperando a recibir un fuerte golpe del abuelo sobre el cuerpo. Un regaño. Un reproche. Pero del otro lado de la sala, la bestia sonrió complacida y espetó algo sobre lo afortunada que era al poder engatusar a un buen hombre, dispuesto a recibirla con una muchachita malcriada. Sorprendida por esta reacción, mamá no le reprochó nada de lo que acababa de decir y propuso un brindis. Las copas chocaban entre sí mientras yo intentaba calmar a uno de mis equinos alimentándolo con terrones de azúcar y migas de pan. Sólo atinaba a pensar que tenía que amaestrarlo rápido, pues ahora, más que nunca, necesitaría de un cuadrúpedo infalible que me llevara hasta la casa que haría junto con mi padre.

El abuelo estaba contento. A pesar de ser mitad de año, cantaba música decembrina, y cada una de sus palabras se estiraba y refundía dentro de la boca, como si estuviera remojando cada sílaba en un pantano alicorado. Aprovechó para sacar a bailar a la abuela, quien también reía y se dejaba llevar por los movimientos toscos de la bestia.

Mamá aprovechó la euforia para proponerles una manera de celebrar todas estas buenas noticias. Pronto yo cumpliría años y ella quería organizar un fiestón con todos los amigos de la familia, hijos, nietos y sobrinos. Ante la propuesta de mi madre, el abuelo lanzó un ¡*Viva!* y se llevó un gran buche de licor a la boca. Propuso un nuevo brindis y soltó a la abuela. La bestia dio un zarpazo certero y me agarró por la espalda. Quería obligarme a sentarme sobre sus piernas, pero yo fui más astuta. La flema caliente que habitaba en mi garganta se deslizó como si fuera una lombriz hasta el borde de mi lengua y la escupí sobre sus pies. Antes de que él pudiera decir algo, me escabullí hasta mi cuarto en donde me distraje con la cartilla de lectura. Desde allí alcancé a escuchar las risas ebrias de mi madre y los abuelos, que continuaron con la tertulia hasta entrada la madrugada.

Volví a la cama y me preparé para dormir. Mamá se sentó en el edredón y yo me tendí sobre su regazo. Comenzó a acariciar mi pelo y a preguntar por mi fiebre. Revisó mi temperatura y, después de constatar que ya estaba mucho mejor, me preguntó por María y por la razón por la que ella no había vuelto a la casa. Sin entrar en muchos detalles, le conté que habíamos peleado y ella me prometió que me iba a ayudar a convencer a Julia para que la trajera nuevamente de visita. Ella sería la invitada de honor a mi fiesta, y juntas podríamos jugar y conocer a otros niños que me traerían todo tipo de regalos.

Fui quedándome dormida poco a poco mientras mamá describía en detalle el tibio color del pelaje de los conejos que un mago sacaría de un sombrero en mi nombre.

II

1

Un cosquilleo se trepaba por mis piernas y no me permitía dejarlas quietas. Era tan intenso que la abuela me lanzó una de sus miradas gélidas cuando, sentadas en la mesa del comedor, el espasmo ansioso de mis extremidades fue tan violento que logró sacudir los cubiertos que estaban frente a nosotras. Pero no podía evitarlo. Mi corazón era como una olla a presión a punto de reventar. Mi estómago parecía estar habitado por cientos de antílopes que corrían en estampida, y el galope en las vísceras traía la anticipación del encuentro.

Después de meses, volvería a ver a María.

Estaba inquieta. No sabía si ella quería verme nuevamente o si Julia la había obligado a acompañarla. Imaginaba las cientos de cosas que haríamos juntas, pero luego un sudor frío comenzaba a recorrerme las palmas de las manos al pensar que mis juegos no iban a entusiasmarla. Hasta consideré salir a la calle, si ella lo pidiese, pues sólo quería complacerla a como diera lugar. Así eso significara treparme sobre los pies sangrantes del hombre lobo y recorrer las calles junto a su costal de vidrios.

Mientras me sumergía dentro de todas las posibles maneras en las que se daría nuestro encuentro, revestida de una pesada escafandra hecha con una aleación de metales oxidados y los peores escenarios posibles, el húmedo aliento de María se posó sobre mi nuca. Toda mi piel se crispó con la sorpresa y, al darme vuelta, me encontré con sus brazos abiertos y listos para sujetarme en un torpe abrazo. Posé mi cabeza cerca de su oreja y aproveché para olisquearle el pelo que mantenía un aroma afrutado y dulce. Ella palmoteó mi espalda un par de veces y sentí como si dos pisapapeles se posaran sobre mí. Como una ráfaga, todos los recuerdos del día de su traición comenzaron a aparecer, y la sensación de esas mismas manos pesadas que me empujaron hacia el asfalto se hizo insoportable.

María debía entender que yo no era la niñita débil que había conocido. Ahora era Inés animal valiente. Había perdido tres dientes más y podía sumergirme en el fondo de una piscina y aguantar la respiración por diez segundos. También leía de corrido los anuncios de droguerías, misceláneas y almuerzo ejecutivo se encontraban en las cuadras que separaban la casa de los abuelos del parque, mientras María a duras penas podía escribir su nombre.

Era Inés fiera. Inés submarina. Inés halcón-tiburón martillo.

Me sacudí el abrazo de María de encima y la agarré fuerte del brazo. Si íbamos a jugar juntas iba a ser bajo mis reglas, pues cualquier acto de desobediencia haría que fuera a acusarla con Julia y con la abuela y eso causaría su exilio. Lo primero a lo que quería someter a mi amiga era a escuchar sin parar mi nuevo casete de la lambada. En la televisión todo el tiempo pasaban el video de una pareja de niños que bailaban en medio de un grupo de adultos y me había aprendido de memoria los pasos de su coreografía. Hundí la tecla de reproducción y, con los primeros acordes de un acordeón que le daba la entrada a la compungida voz de una mujer que cantaba en portugués, puse mi mano sobre su espalda y comencé a mover mis caderas, mientras guiaba los pies de María que intentaban seguirme el ritmo. Yo había practicado varias veces frente al espejo, esperando algún día poder bailar así con mi padre. Pero ahora, con María, tenía la oportunidad perfecta para ensayar los pasos que le mostraría a papá cuando nos fuéramos juntos a un lugar similar al que mostraba ese video:

78

una barcaza en medio de la selva, donde sólo el río sería testigo de nuestro nuevo hogar.

Pasamos un largo rato bailando repetidamente la canción hasta que nos aprendimos un conjunto de pasos y María sugirió que organizáramos una presentación en la sala en la que mamá sería la única espectadora. Le expliqué que desde hacía una semana larga mi madre estaba durmiendo donde Álvaro, planeando mi fiesta de cumpleaños, según me decía cada noche que llamaba a darme las buenas noches, y que ahora yo era la reina de las mirlas, pues no había nadie que pudiera atajar mi aleteo a lo largo y ancho de la casa de los abuelos.

Aproveché que María había entrado en un trance febril mientras practicaba la coreografía y me escabullí al baño. En medio del camino entre mi cuarto y el fondo del pasillo, un destello de luz se coló por medio de una rendija e interrumpió mi tránsito. Parpadeé con fuerza para enfocar mejor la imagen que aparecía ante mis ojos. Me detuve frente a la puerta que daba entrada al estudio del abuelo y observé detenidamente.

Alguien la había dejado abierta.

Corrí hasta mi habitación y agarré la mano de María con fuerza. Me gustaba sentir que ahora ella era quien no tenía chance de tomar bocanadas de aire o de entender adónde la halaba con tanto afán. Nos detuvimos frente a la puerta, y antes de que pudiera decir cualquier cosa, la empujé con firmeza. Entramos juntas al territorio que durante tanto tiempo nos estuvo prohibido.

—Inés, acá no hay nada —dijo María decepcionada—. Además todo huele a viejito.

Las palabras de María eran un borbotear débil y lejano que no alcanzaba a distraerme de la misión que debía cumplir dentro de ese cuarto misterioso.

Salgámonos antes de que nos regañen.

Comencé a esculcar cada uno de los cajones del gran escritorio de roble, buscando los tesoros que a simple vista se escondían de los ojos de mi amiga. Tacos de memorandos, hojas perforadas y borradores de todos los tamaños que podríamos capturar para engordar nuestro botín olvidado. En medio de todos esos objetos que tomaba golosamente para luego dárselos a María y hacer que los guardara en sus bolsillos, apareció el talismán con el que había fantaseado durante los tiempos en los que me tendía bajo el escritorio a jugar a las bailarinas: la llave del armario del abuelo.

Estaba frente a la posibilidad de abrir la cerradura del lugar más secreto de toda la casa y, ebria de ganas de develar el misterio, tomé la llave e intenté meterla por el picaporte con mucha impaciencia; tenía la sospecha de que dentro de ese armario encontraría tesoros que serían la envidia de María y que no compartiría con ella. Después de varios intentos, la llave giró. Del otro lado de la puerta, justo al lado de la caja fuerte, me topé con el objeto más extraño sobre el cual había puesto mis ojos.

Erecto.

Oscuro.

Tenso.

Resplandeciente como el silencio del fondo del océano en la madrugada.

El rifle que el abuelo usaba para salir de caza.

Una voz hipnótica y seductora que salía del cañón se apoderó de mí. Me ordenaba con suavidad tomar el arma y acariciarla. Acercarme y apretar el gatillo. Saborear con la punta de la lengua las partículas de pólvora que se encontraban en su boca. Descifrar, de primera mano, los sonidos remanentes detrás del estallido de un disparo. El murmullo de la catástrofe. El zumbido que acompañaría al fin del mundo.

No escuchamos cuando los abuelos llegaron a la casa. No escuchamos tampoco los gritos de la abuela llamándome para que la ayudara a subir unas bolsas con compras, ni los pasos del abuelo acercándose al estudio. Cuando nos encontró, yo estaba dentro del armario examinando con cuidado el rifle, y con un manotazo me sacó de ahí y volvió a cerrar la puerta. Me tiró al piso y comenzó a rugir ferozmente. No entendía qué hacía metida allí cuando me habían prohibido estar cerca de sus cosas. Cubrí mi cabeza para protegerme de los puñetazos que me lanzaba y, cuando se dio la vuelta, pude pararme ágilmente y lanzarle un mordisco implacable a su pierna derecha. Tanto los incisivos nuevos como los viejos colmillos sirvieron como un arma punzante que hirió a la bestia. Me tomó de la cabeza y me empujó fuera del despacho. Continuó rugiendo.

Cambiaría las guardas o me encerraría por siempre en mi cuarto, sin celebración de cumpleaños y sin visitas de mi padre. Haría cualquier cosa que mantuviera mis narices lejos de lo que no me correspondía.

2

Fue la noche en la que cenamos patas de cordero que mamá volvió a la casa después de pasar un par de semanas durmiendo donde Álvaro. Lo recuerdo porque no me gustaba el sabor a madera y sangre de esa carne y había creado una estrategia para desocupar mi plato. Primero rumiaba la comida en la boca hasta que se ablandaba y luego la sacaba en discretas bolitas que escondía dentro de la servilleta o que lanzaba al piso sin que nadie se diera cuenta. O al menos eso pensaba.

—Inés, por favor, deja de hacer eso —pedía la abuela con un tono firme—. Nos estás incomodando a todos.

Pero yo sólo respondía a sus reclamos con una mirada indiferente y continuaba apiñando mis bocados en mazacotes pequeños.

Inés, por favor.

Todavía tengo grabada la imagen de mi madre entrando al comedor con los zapatos en la mano y el pelo recogido con un esfero que atravesaba las gruesas hebras de sus crespos, formando una maraña indescifrable.

Atravesó el umbral y un telón mudo se levantó sobre nuestras cabezas.

El abuelo comenzó a tomar largos sorbos de whisky y la abuela no podía mirar a mi madre a los ojos. Comían en silencio, primero separando con precisión la carne que se pegaba al hueso del cordero y luego ingiriendo grandes bocados de esa pulpa roja. La voz de la abuela cortó con el mutismo de la cena diciéndole algo a mi madre sobre su facha, con un hálito de desdén en su voz. Ni siquiera le lanzó una mirada despectiva. Continuó pidiéndome que dejara de jugar con la comida, cada vez de manera más enfática.

El rechinar del cuchillo que golpeaba el plato y los hielos que chocaban contra las paredes del vaso del abuelo componían una disonancia que parecía orquestada con cuidado. De vez en cuando, Julia aparecía con pasos discretos y servía otro trozo de carne al abuelo, quien no se saciaba.

Mamá intentaba poner temas de conversación sobre la mesa para romper con el silencio. Dijo algo sobre una mujer japonesa que duró cuarenta horas encerrada en un ascensor, pero nadie mordió su anzuelo. Intentó suavizar al abuelo hablándole de fútbol y de cómo su equipo estaba en la final de la Libertadores, pero él hizo como si no la escuchara y siguió comiendo.

Cada palabra que mamá torpemente intentaba poner sobre la mesa era cortada con un monosílabo que apresuraba nuevamente al silencio que, como una niebla espesa, envolvía la atmósfera de la cena.

—¡Inés! ¡Que ya no más! —los chasquidos carnosos de dientes y saliva fueron interrumpidos por el golpe seco que el abuelo pegó sobre la mesa—. ¿Qué tan difícil es hacerle entender que se coma la comida y deje de manosearla?

Mamá intentó interceder por mí en voz baja, pero sólo se encontró con más ladridos del abuelo. Espetaba palabras bruscas sobre cómo ella se había olvidado de mí y ahora estaba más perdida que nunca. Otra vez había estado hurgando entre sus cosas y, además, lo había mordido. La niñita estaba descontrolada sin una madre que le dijera cómo comportarse. Y ella era una sinvergüenza que le estaba abriendo las patas al jefe a los dos días de trabajar con él. Le lanzaba dardos sobre la manera en la que ella quería vivir la vida de una mujer sin responsabilidades ni hijos. Sobre cómo los hombres la enloquecían. Sobre cómo mi padre la había enloquecido y luego había salido con un chorro de babas. Sobre cómo jamás habíamos respetado su casa.

Ante estas acusaciones mamá intentó mantener la calma y explicarle al abuelo lo que estaba pasando. No estaba haciendo nada distinto a pasar tiempo con su novio, con quien quería intentar armarse una vida diferente a la que estaba acostumbrada. No sentía que debía pedirle permiso ni excusas al abuelo por lo que estaba haciendo, pero igual se estaba tomando el tiempo de hablar con él porque lo respetaba y agradecía todo lo que había hecho por nosotras. Él interrumpió el discurso que ella tranquilamente intentaba hilar, y sus palabras retumbaron por todas las paredes de la casa:

—Cállese, ramera.

El rostro de mi madre se encendió en un resplandor fluorescente. Empuñó con fuerza los cubiertos y sus ojos lentamente se fueron llenando con lágrimas de rabia, mientras veía cómo el cuerpo del abuelo se abalanzaba desafiante sobre ella.

En ese momento, mamá se levantó de la mesa y se paró frente a la bestia. Con la fuerza del impulso arrastró parte del mantel.

Platos rotos.

Gritos y platos rotos.

—¿Qué va a hacer? ¿Me va a pegar? —rugió mi madre desafiante—. Hágale, señor. Esa es la única manera en que usted cree que se pueden resolver las cosas. Yo no le tengo miedo.

Pégueme.

Y con un movimiento enérgico, el abuelo la agarró del pelo y de un solo tirón la puso de rodillas sobre el piso del comedor. Sus manos temblaban descontroladas y eso hacía que la hebilla del cinturón, que torpemente intentaba desabrochar, castañeteara como un par de dientes que chocan entre sí después de recibir una bocanada de aire frío. Cuando por fin logró sacarse la correa de las presillas del pantalón, la empuñó como una cerbatana.

Miró a mi madre a los ojos y fue como si esa mirada hubiera apagado el impulso salvaje de arremeter contra su cría que yacía sobre el suelo. Con un gesto de desdén, lanzó un escupitajo al costado de su cuerpo. Luego se retiró del lugar sin decir palabra.

Durante toda esta escena yo me mantuve sentada en silencio frente a la abuela, amasando las bolas de carne que no quería tragar. Desde ahí pude ver cómo mamá se quedó tendida sobre el suelo. Con cada exhalación su espalda se alzaba levemente como una hoja seca que se deja arrastrar por la brisa. Levantó la cabeza y yo le lancé una mirada empática, pero mi madre no me pudo ver.

Sus ojos estaban cegados por el rímel y las lágrimas.

3

Sólo será por unos días. Te lo prometo que sólo será por unos días. Volveremos para celebrar tu cumpleaños. Los labios de mi madre frente a mí en zoom. El colorete fucsia que resanaba las grietas minúsculas que se hacían sobre la superficie de su boca se movía con lentitud mientras repetía estas palabras cual si fueran un mantra. Desde esa distancia, su boca se veía hinchada. Como si la noche anterior se hubiera batido a muerte con una bandada de pájaros carpinteros que no habían descansado hasta picotearle cada uno de los rincones de los labios. O como si le hubieran nacido tupidas telarañas que había tenido que arrancar con el filo de los dientes. Recuerdo la boca de mi madre. Muy cerquita. Salivando y repitiendo promesas que no entendía a qué venían, al tiempo que me llenaba las mejillas de besos. Su boca en cámara lenta, y su cuerpo moviéndose por toda la habitación. De un lugar a otro. Incansable. Trazando líneas invisibles en todas las direcciones mientras me empacaba la maleta.

Yo observaba la valija que abría sus fauces sobre la cama e intentaba adivinar adónde viajaríamos con sólo ver los objetos que mi madre intentaba acomodar con esfuerzo.

Traje de baño: seguro iríamos a la playa. Me imaginaba junto a ella, las dos tendidas sobre la arena esperando a que los delfines llegaran por nosotras para darnos una zambullida, como cuando María y yo jugábamos a las muñecas sirenas en la tina del baño.

Botas pantaneras: en el fondo del mar no necesitaríamos zapatos. Entonces iríamos a la montaña a observar cómo se comportaban los venados. Cuando llegáramos a la cumbre, podríamos ver todas las ciudades del mundo desde arriba y decidir sobre cuál de ellas caer en paracaídas.

Guantes y bufanda: el aire sería muy frío durante la caída libre, y para eso necesitaríamos cubrirnos la boca y las orejas.

Chancletas de plástico: o tal vez el aire sería muy caliente y todos los zapatos se derretirían mientras nos descolgábamos del cielo.

Unos pocos días, te lo prometo. Continuaba repitiendo mientras se sentaba sobre la maleta e intentaba hacer que los dientes de la cremallera encajaran su mordida. *Tienes que prometerme que vas a portarte muy bien*.

—¿Mamá, y tú dónde guardas tus cosas? —le pregunté en un afán por agilizar sus preparativos para así anticiparnos al destino al que nos dirigíamos.

—Muñeca, yo no voy a ir contigo.

Algo en mi mirada debió desconcertarla porque se precipitó sobre mí y empezó a acariciarme la coronilla y a llenarla de besos.

Con dulzura me explicó que pasaría unos días en la casa de mi padre, y sentí como si el corazón se me fuera a salir del pecho. Pensé que viajaríamos los tres juntos y durante unos segundos me engolosiné con la idea de tener una familia. Pero rápidamente dejó claro que esta sería la primera vez que nos separaríamos. Solamente yo me iría a vivir un tiempo con papá, mientras ella resolvía su situación en la casa de los abuelos. Quise preguntarle a mamá si había alguna opción de llevar a María para conformar la casa que siempre había imaginado, pero antes de poder musitar palabra, me di cuenta de que mamá lloraba en silencio y sentí que esas lágrimas eran mucho más catastróficas que cualquier tempestad que prometiera sepultar el cosmos.

Ahora recuerdo esta escena y me pienso como un detective íntimo que resuelve varios de los enigmas que, con los años, quedaron ocultos bajo el silencio de mi madre. Entiendo, en estos instantes cuando intento rellenar los espacios en blanco hechos por mi propia memoria, que este sería el tiempo en el que mamá tomaría la decisión de comenzar una nueva vida con Álvaro. Necesitaba una temporada lejos de mí para ordenar todo y así salir, finalmente, de la custodia de los abuelos. Tal vez por esto reconocí en su mirada un atisbo de alivio en medio de la culpa. Se trataba de una separación tan dolorosa como necesaria, pues no podíamos seguir ahogadas en ese hábitat salvaje.

Mamá se dio la vuelta y sacó la maleta del cuarto mientras seguía repitiendo sóloseráporunosdías sóloseráporunosdías para sí misma. Julia subió a avisar que papá ya se encontraba en la puerta. Mamá me dio un par de últimos besos en la cabeza y yo aproveché para despedirme telepáticamente de cada uno de mis juguetes. Me iría con mi padre y, aunque ella dijera que era por poco tiempo, yo sabía que después de pasar tantas noches juntos en el campo, él me pediría que me quedara por siempre. Bajé los peldaños de la escalera de caracol, uno por uno, diciéndole adiós a cada uno de los rincones de la casa que había conquistado con María y, antes de que Julia cerrara la pesada puerta de hierro de la casa, ¡chaz!, mi doble fantasma apareció sobre el umbral para despedirse.

Tímidamente alzó su mano y, con un gesto suave en la mirada, agitó sus dedos.

Espejé su movimiento y le dije que se cuidara.

4

Papá vivía en medio del campo, a un par de horas de la ciudad. Para llegar a su estancia teníamos que bordear montañas por una carretera estrecha e internarnos en la espesura de un bosque frío que olía a semillas de eucalipto y a tierra humedecida después del aguacero.

Hay una palabra para nombrar este olor, como hay una palabra para nombrar casi todo.

Recuerdo su voz dulce mientras me tomaba de la mano y caminaba a mi ritmo por la trocha que separaba el carro de la entrada de la casa. Parecía que anduviéramos sobre un tapete mullido cuyas fibras eran restos de hojas de pino que se pegaban a mis zapatos como delgados gusanos color cobre.

—Petricor. Ese es el nombre que se le da al olor de la lluvia en sitios secos. Pe. Tri. Cor.

Y las erres se hicieron un manojo de sonidos gorjeantes que se enredaron dentro de su garganta.

—Abre la boca —me indicó—. Abre bien la boca. Ahí en el fondo. ¿Has visto esa partecita que se descuelga y que dan ganas de golpear como si fuera una pera de boxeo?

Y mientras decía esto acercó sus dedos a mi rostro e hizo el amague de intentar golpearla. Cuando el reflejo me obligó a parpadear y halar la cabeza para atrás, tomó mi cara con la palma de su mano abierta y se acercó para darme un beso.

—Esa es la campanilla. Hay una palabra para nombrar casi todo. ¿Sabes cómo se llama esto?

Y frotó suavemente el espacio entre mi nariz y mis labios.

—El bigote —respondí con arrogancia.

—No, linda —rio y su voz resonó con la dulzura de un chorro espeso de miel—. Surco nasolabial. O filtrum. O surco de filtrum. ¿Y ese espacio entre los dientes? —preguntó mientras metía uno de sus largos dedos en mi boca y lo pegaba justo al borde de la encía en donde estaba naciendo un nuevo diente.

El tacto suave de sus manos me hizo olvidar la respuesta, si acaso la hubiera tenido.

Sentí cómo la saliva se arremolinaba dentro de mi boca cómo la corriente indómita de un riachuelo y no pude contener el impulso de morderlo. Mi padre continuó riendo y me tomó de la cintura. Me levantó del suelo y, dándome una voltereta por encima de su cabeza, me trepó en sus hombros y comenzó a correr en dirección a la casa.

A todo el alboroto de risas y palabras se les sumaron los ladridos de Quiubo, el pastor alemán de papá. El único compañero de cuarto que había tenido en los años que llevaba viviendo en el campo. Desde lo alto, vi cómo el animal se acercaba con un trote entusiasta. Agitaba la cola, y cuando llegó adonde estábamos comenzó a olisquear las manos de mi padre y a dar saltos que le llegaban hasta el pecho, en donde descansaban mis piernas.

Mi primer impulso fue tensarme como la cuerda de un violín a punto de romperse. Nunca antes había estado tan cerca de un animal y, aunque papá comenzó a acariciarme para asegurarme que todo estaba bien, sentir los jadeos agrios del perro tan cerca de la piel me ponía nerviosa. Papá le hablaba con mimos y le ofrecía sus dedos a la altura del hocico. Quiubo los envolvía con la lengua y avanzaba junto a nosotros zigzagueando entre las piernas de mi padre, quien intentaba mantener el equilibrio a la vez que esquivaba el lomo del animal y me sostenía en sus hombros.

Cuando llegamos a la puerta, papá me bajó al suelo. Mientras él abría, el perro acercó su nariz húmeda y comenzó a olerme el tronco. Extendí mis manos, para imitar el gesto que mi padre había tenido con él minutos antes, y sentí varios corrientazos que me recorrieron los brazos a medida que los lamía con ahínco.

Cerré los ojos y dentro de mis párpados comenzaron a dibujarse manchas rojas y azules que cambiaban de forma conforme sentía la lengua tibia del animal sobre mi piel.

Ahora sé que hay una palabra para nombrar esas manchas. Esas manchas se llaman fosfenos.

5

Mi padre era un animal noctámbulo y, durante el tiempo que pasé en su casa, tuve que aprender a adaptarme a las extrañas rutinas que hacían que su jornada transcurriera como si estuviera en otro huso horario.

Me levantaba muy temprano y esperaba pacientemente hasta que escuchaba algún ruido en la pared contigua para saber que él estaba despierto. Sin embargo, lo único que oía la mayor parte de la mañana era un silencio tan espeso como el concreto que separaba nuestras habitaciones. A medida que el hambre escalaba por mi cuerpo, me retorcía en la cama como si fuera una cucaracha tendida bocabajo. Cuando los mordiscos dentro del estómago se hacían demasiado agudos, me aventuraba a la cocina para buscar algo de comer. La despensa de mi padre estaba atiborrada de conservas, enlatados y botellas de vino, por lo que generalmente esas expediciones resultaban en vano, y volvía a la cama e intentaba dormir un rato más hasta que él despertara. Papá tardó un par de días en darse cuenta de esta situación y poco a poco los estantes comenzaron a abastecerse con cajas de Choco Krispis, bananos y leche que me servía yo misma mientras él dormía.

A media mañana lo despertaba abriéndole el párpado del ojo derecho para poder lamer su globo ocular. La punta de mi lengua se deslizaba con facilidad sobre la superficie viscosa de su ojo y trazaba una parábola perfecta. Su sabor dulce me hacía pensar que las lágrimas de mi padre estaban compuestas de agua de río y que esa pupila parda que había heredado de él no era más que un pez inmenso y atigrado que surcaba ese cuerpo acuático. Papá sonreía y arrugaba su nariz mientras intentaba sacudir la cabeza para espantarme. Luego me tomaba de la cintura y me halaba hacia su cama en donde pasábamos un largo rato mientras llegaba la hora del almuerzo.

A papá le gustaba mucho el silencio. Decía que lo necesitaba más que cualquier otra cosa para poder trabajar. Por esta razón, en las tardes me llevaba a su cuarto, prendía el Betamax y le daba *play* a una película animada en donde un niño vivía en la selva junto con un oso y una pantera. El niño quería ser un animal salvaje como sus amigos, pero ellos sabían que lo mejor era que él regresara con los de su especie. En algún momento aparecía un orangután que cantaba una canción muy movida, y yo me paraba sobre la cama a saltar a ese ritmo. Papá cerraba la puerta y se iba a trabajar a la mesa del comedor que oficiaba de escritorio. A veces yo salía del cuarto buscando un vaso de leche o uno de sus abrazos, a lo que él respondía con un prolongado shhhhhhhhh. Necesitaba el silencio para poder escribir un ensayo importantísimo sobre anatomía y literatura con el que tal vez se ganaría una beca para estudiar en Estados Unidos. Cada vez que intentaba llamar su atención recitando pasajes enteros de la película o que salía a la sala a desfilar con un disfraz de niña salvaje, compuesto únicamente por una de sus corbatas en mi cabeza y sus tenis en mis manos como si fueran garras, me suplicaba que no lo interrumpiera y aseguraba que mientras más silencio hiciera, más cerca estaríamos de irnos juntos.

Me decía un par de frases en donde hacía promesas sobre conocer Disneylandia y regresaba a su labor de revolcar cientos de papeles o releer pasajes de libros y diccionarios, y con un gesto me indicaba que volviera a su cuarto. Obedecía, pero a medias, porque muchas veces me quedaba escondida detrás de las paredes observándolo hacer su trabajo. Era como el rey mono de mi película, y eso me hacía reír. Se rascaba la cabeza con impaciencia frente a su máquina de escribir, como si estuviera esperando a que le llegaran palabras que estaban retrasadas para una cita. Cuando finalmente aparecían, sus dedos se movían frenéticos y, a trompicones, comenzaban a golpear las duras teclas.

Todo el tiempo quería hablar con mi padre. Contarle esas historias y datos sobre el fin del cosmos que alguna vez había memorizado para él y tirarnos durante horas en el césped a leer y a reír. Pero cada vez que intentaba acercarme, él sólo pedía que me quedara muy callada o que me fuera a dormir una siesta. Tal vez ese silencio que él quería imponernos hacía que los días en el campo fueran mucho más largos que los días en la ciudad. Me aburría bastante cuando él trabajaba y, al tercer o cuarto día, la película de la selva se había convertido en un predecible ruido de fondo que dejaba de emocionarme o sorprenderme. Comencé a inventar juegos para distraerme. Imaginaba que María estaba conmigo y que me ayudaba a diseñar diferentes maneras de combatir el tedio en esa casa campestre. El juego del escape, por ejemplo, en el que me escabullía con ella fuera de la casa, por la ventana del cuarto de mi padre, sin que él se diera cuenta. Una larga extensión de pasto y árboles aparecía detrás de la casa y yo aprovechaba para tenderme sobre todo ese verde y clavarle las uñas hasta que salieran ennegrecidas. Me las llevaba a la boca y disfrutaba del sabor a yodo de la tierra. Tal vez a eso se refería la canción que cantaba con María, y esa era la alfombra de hierba que me llevaría volando dormida a visitar a mi madre.

A veces se acercaba Quiubo y ponía su nariz helada en mi mejilla. Sentía su tibio aliento y cómo pasaba su lengua húmeda sobre mi pelo, como si mi cabeza fuera un sobre que tuviera que lamer para sellarlo. Yo tomaba su hocico con las dos manos y lo hacía asentir o jugaba a levantarle los labios para que me mostrara sus filosos colmillos. Luego daba botes colina abajo hasta llegar al alambre de púas que delimitaba el terreno de mi padre, y Quiubo me acompañaba corriendo y aullando. Me levantaba rápidamente y, presa del leve mareo de los tumbos, subía hasta la parte trasera de la casa en donde volvía a comenzar mi rutina de gimnasta acompañada por mi cuadrúpedo escudero y por el recuerdo de mi amiga.

Retaba a María y a Quiubo a trepar uno de los alcaparros escuálidos que custodiaban el terreno, pero ninguno tenía la fuerza suficiente en los brazos y en las piernas para lograr esa empresa. Entonces me ponía a saltar y a correr dando vueltas alrededor del árbol en un intento por mejorar mi estado físico y poder conquistar su copa. Otras veces caminaba por la trocha que conectaba la casa con la reja de entrada y me dedicaba a recolectar semillas de eucalipto. Las acercaba a mi cara y sentía cómo su olor se trepaba por la oscuridad de mi nariz y la invadía con una tibia astringencia. Luego las frotaba frente al hocico del perro, esperando recibir alguna opinión sobre ese aroma, y le preguntaba a María si creía que ese perfume era elegante. Ante la indiferencia del animal y el silencio de mi amiga, hacía una especie de cuenco con la parte de abajo de mi suéter y las recolectaba como si se trataran de preciosas morrocotas que habían sido olvidadas por un pirata. Luego volvía a deslizarme por la ventana de la habitación, de vuelta en la casa, sin que papá se diera cuenta de que toda la ropa se encontraba cubierta de pasto y hojas secas. Cuando salía nuevamente a la cocina para buscar una merienda, una zanahoria o un bloque de queso, y volvía a la habitación, escuchaba cómo mi padre le refunfuñaba al aire, pues no entendía por qué el piso que procuraba mantener impecable se llenaba de bosque.

También jugaba con María a la mujer invisible. Nos escurríamos por debajo de los muebles y por entre las cortinas del área social hasta que llegábamos adonde mi padre estaba trabajando y lo sorprendíamos por la espalda. Las primeras veces que había hecho ese truco, papá reía y aseguraba que no había visto cómo había podido ir hasta donde él estaba sin que se diera cuenta, pero luego de va-

98

rias repeticiones en las que buscaba mostrarle mi gran astucia, comenzaba a fastidiarse. Cuando intenté cambiar la dinámica para robarle uno de sus esferos sin que se diera cuenta y golpear con toda la palma de mi mano las teclas de su máquina de escribir, gruñó y me mostró sus afilados dientes.

Papá, el gran tiburón blanco, me espantó.

Mi instinto fue correr de vuelta al cuarto y sepultarme bajo las cobijas. Dentro de esa penumbra, mi respiración era agitada y sentía cómo el miedo cabalgaba dentro de mis pulmones. Él se acercó y con sigilo me destapó y me dio un beso en la cabeza.

—Perdóname —dijo arrepentido—. No fue mi intención asustarte así, pero tienes que entender que esos juegos hacen que me ponga muy bravo —continuó hablando con voz pausada—. Necesito que te quedes quieta en este cuarto y que por favor no salgas mientras termino este trabajo.

Necia no te quiero.

Y sus palabras retumbaron por las paredes del cuarto en un eco que se me hizo tan insoportable que sólo pude volver a cubrirme con las cobijas, taparme las orejas con las manos e imaginar que era un pez y me escondía, asustado, en el fondo de un acuario.

6

Recuerdo que lo primero que sentí fue el hormigueo.

Luego un quemón profundo. Los huesos hervían por dentro.

Por último, la presión de dos láminas gruesas y gigantescas de las que no me podía soltar.

Triturándome.

Machacando los tejidos.

Haciéndome polvo.

Como si me encontrara justo en el centro de la Tierra, en medio de dos placas tectónicas que van al encuentro una de otra, a punto de aplastarme. Como si estuviera en medio de la irremediable llegada del fin del mundo.

Tomé la mano de María con fuerza y me dejé llevar por ese dolor adusto que invadía mi brazo. Luego un tibio chorro de orines comenzó a recorrer mis piernas, lo que distrajo el palpitar un rato. Me tendí en el suelo e intenté tomar una bocanada inmensa de aire para buscar algo de consuelo. A mi lado, María permanecía quieta y su silencio me calmaba.

Sólo cuando él llegó, el ardor se detuvo por un instante.

Cerré los ojos y escuché un golpe seco, como el tronar de unas castañuelas, que se detuvo detrás del primer compás.

El alivio.

Los pulmones lejos del ahogo al que se habían visto sometidos después de sentir todo el peso de mis gritos rasgando el esternón.

Y los chillidos tímidos del animal; lamentos agudos que se hacían más tenues a medida que pasaban los segundos.

Estaba de costado, mirándolo.

Las piernas de mi padre lo pateaban con rabia. Con cada golpe, el animal sólo atinaba a blanquear los ojos. Su media sonrisa se mantenía, sin importar que los insultos que papá le profería fueran cada vez más fuertes. El último puntapié se lo dio cerca de las orejas. Escuché un diminuto globo de agua que se reventaba. Estiró las patas traseras y el cuello con nobleza, listo para recibir otro golpe. Papá sollozaba. Quiubo temblaba. Aún tenía un pequeño jirón de la manga de mi sudadera entre los dientes. Yo también tiritaba. No por el dolor, pues mi brazo estaba completamente entumecido, sino porque mis pantalones estaban empapados en orines y sentía toda la helada del frío sabanero en mis piernas.

Papá me levantó del piso y me cargó entre sus brazos como si yo fuera una novia desmayada en su noche de bodas. Entramos al carro y él comenzó a conducir con premura. Tenía tanta urgencia que ni siquiera se ocupó de prender el radio y poner algo de música. Lo último que recuerdo, antes de caer en un sueño profundo, fue poner mi cabeza sobre las piernas de mi padre y comenzar a contar cuántas veces oprimía los pedales y movía la palanca de cambios. Imaginaba que era el conductor de una máquina para viajar por el espacio y sentía cómo me llevaba a la cima del cielo.

7

Me despertó mi madre cantando sobre una mujer que se enamoraba de un extraño en el Puerto de Vallarta. Sentí sus manos acariciando mis mejillas y esa cómoda tibieza alivió por unos segundos el ardor en mi brazo. Sentada muy cerca de ella, en la sala de la casa de los abuelos, se encontraba mi padre tomando café.

La voz cáustica de la abuela se diluía junto con los terrones de azúcar que caían en la taza de tinto hirviendo que mi madre tomaba. Sólo se dirigía a mi padre y, como quien no quiere la cosa, daba consejos y pontificaba sobre los riesgos de tener un animal tan grande. Mi padre se mantenía en silencio, resguardado bajo una sonrisa incómoda que se le había congelado en el rostro. No era capaz de dirigirse a la abuela, pero cada vez que lo intentaba, mi madre lo interrumpía para defenderlo. Cada comentario ácido de la abuela, era neutralizado por un halago que mi madre le hacía a papá, para justificar lo que había sucedido en el campo. Papá respondía con amabilidad, pero la abuela volvía a imprecarlo y aprovechaba cualquier oportunidad para reprocharle su descuido conmigo, con mi madre y con cualquier cosa que hubiera estado alguna vez bajo su cuidado. Mamá cantaba como si no escuchara lo que la abuela decía, y mi padre, a quien las manos no dejaban de sudarle, sólo pedía excusas y daba torpes agradecimientos por la labor de crianza que estaban realizando conmigo. Me había portado como toda una valiente y me merecía la fiesta de cumpleaños inmensa que estaban organizando en mi honor.

Mamá agradeció los halagos de mi padre con una sonrisa y aprovechó para sacudirle una migaja de hojaldre que colgaba de su mejilla. Cuando ella tocó su rostro, los hombros de papá se inclinaron hacia delante haciendo que su pecho se curvara hacia adentro. Luego habló del buen trabajo que mi padre había hecho y de la manera tan diligente como había respondido a la urgencia. El mordisco del perro no había sido nada más que un susto, y ahora todos se abalanzaban sobre mí y me llenaban de besos y mimos.

Sin embargo, la abuela no dejaba la amargura y los insultos hacia mi padre subían cada vez más de tono. Él palidecía con cada palabra y miraba hacia la puerta del estudio del abuelo, esperando que la bestia no saliera de allí, pues era una de las cosas a las que más le temía. Papá decidió adelantarse a ese terrible encuentro y, en aras de evitar al abuelo, se despidió nerviosamente de mamá y de la abuela. Se levantó del sofá y yo me incorporé para treparme en su cuello y pedirle que no se fuera. Pero antes de que eso pudiera pasar, mamá extendió su brazo y tocó la parte superior de una de las piernas de mi padre en un gesto que hizo que se detuviera. Le susurró algo al oído y despachó a la abuela con desdén.

La abuela se levantó y se fue de la sala arrugando la nariz, como si del lugar saliera un olor tóxico que le impidiera respirar.

Nos quedamos solos. Era la primera vez que veía a mamá y a papá juntos.

Estuvieron un rato en silencio y de vez en cuando intercambiaban miradas o reían cuando, sin querer, uno rozaba la mano del otro al encontrarla a medio camino del plato de galletas o de la jarra con agua que se encontraba en el centro de la mesa. Me gustaba verlos así, disfrutando la compañía del otro. Sentía los pulmones y el estómago revolotear. En vez de órganos tenía dentro un estanque de peces inquietos. Yo también sonreía al verlos reír y sólo podía pensar en esas familias de leones que veía en la televisión y que salían juntas a cazar cebras.

Ya no necesitaba a María. Mi manada estaba completa.

8

Mamá se dio cuenta de que me estaba quedando dormida y me pidió que subiera al cuarto. Refunfuñé, pues quería quedarme un rato más con ellos, pero papá prometió que subiría a arroparme y a darme las buenas noches.

Me agarró por la cintura y me dio una vuelta canela que hizo que el techo se convirtiera en un suelo iluminado por la inmensa lámpara de la sala. Quise caminar sobre esos pedazos de vidrio que brillaban como cocuyos. Di un par de patadas en el aire y luego, cuando papá me puso en el suelo, sentí una leve ebriedad que hizo que le abrazara las piernas buscando no perder el equilibrio. Alcé la cabeza y lo miré a los ojos. Con mucha ilusión le pedí que se quedara esa noche con nosotras.

Papá no pudo contener la risa. Se agachó hasta nivelar nuestras alturas y tomó mi rostro con sus manos enormes.

—Eso no se puede, mi amor, porque tus abuelitos no me han dado permiso —luego acercó sus labios a mi oreja y continuó susurrando—. Ve tranquila a lavarte los dientes y yo ahora subo.

Trepé las escaleras tan rápido como pude, dando zancadas de a dos y hasta tres escalones, y aceleré mi rutina de higiene. Tomé varios buches de enjuague bucal que ardieron en las encías por donde los colmillos comenzaban a asomarse, y fui al cuarto a buscar una piyama y a aguardar a mi padre. Intenté ser paciente y esperarlo sentada sobre la cama, pero no podía dejar de ir de un lado a otro por el cuarto con el corazón alborotado dentro del pecho. Al menor ruido, saltaba dentro de las cobijas y me hacía la dormida, pues quería abrir los ojos y agarrar a besos a papá apenas se acercara a despedirse. Repetí el amague un par de veces y luego no pude contener más la espera.

Decidí bajar a la sala para llamarlo y traerlo de la mano.

Mientras me escabullía escaleras abajo, noté que habían apagado la luz de la sala. Ahora el salón estaba iluminado a medias, gracias al reflejo de los postes de la luz de la calle que alcanzaba a colarse por los ventanales. Por un momento pensé que papá se había marchado o que la escena de mamá y él conversando y tomando café había sido sólo un sueño del que recién despertaba. El ardor en mi brazo se mantenía como si lo hubiera sumergido en brea ardiente. No había sido un sueño, ni un falso fin del mundo. La piel se sentía justo como cuando papá refregaba su barba en mis cachetes hasta que los dejaba brillantes como un tizón que baila sobre el fuego.

Escuché murmullos y risas.

Entrecerré los ojos y logré vislumbrar sus siluetas como sombras que se deslizaban en la penumbra. Pero un campo magnético se interponía entre ellos y yo. Quise correr y llamarlos para que subieran conmigo y me acompañaran a dormir, pero algo me haló desde las tripas y me detuve. Me deslicé con sigilo y me escondí en uno de los corredores que rodeaba la sala.

Los murmullos fueron disminuyendo y las voces de mis padres se convirtieron en chasquidos. A medida que esos ruidos húmedos se iban transformando en suspiros agitados, me era más difícil tomar aire. El ambiente farragoso de la sala se colaba hasta mi escondite en oleadas que traían consigo un olor a madera dulce quemándose. El calor de mi brazo se mezcló con ese bochorno tibio que estaba acompañado de los jadeos que venían del otro lado.

Un grito ahogado salió desde el ombligo de mi madre. La imaginé rasgando el cielo.

Saqué la cabeza por uno de los lados de la pared que nos separaba. La leona atacaba. Mi madre, con el vestido trepado hasta la cintura, abrazaba con las piernas a mi padre y le agarraba con firmeza una de sus manos, para guiarlo exactamente por los lugares en donde quería que él la acariciara. Deslizaba sus dedos por la cabeza de su presa, abriéndose camino entre la maraña de canas y cabello negro hasta llegar al cuello. Lo agarró como si tuviera la fuerza suficiente para estrangularlo y le hincó los dientes. Alcancé a ver cómo el cuerpo de mi padre no oponía resistencia alguna y se retorcía bajo ella en espasmos cadenciosos. Luego hundió su nariz entre las largas piernas de mamá y comenzó a mover su cabeza con violencia, restregando su barba contra la piel de ella, justo como hacía en nuestros juegos.

Volví a mi escondite y metí la cabeza dentro de las piernas, haciéndome un ovillo. Me llevé las manos dentro de los pantalones y sentí cómo el calor y la humedad me reconfortaban. Cerré los ojos con fuerza y comencé a cantar mentalmente el coro de una canción sobre un niño que le temía a las inyecciones. Otra vez. Y otra. Cada vez más rápido hasta que las palabras perdieron sentido.

A lo lejos escuché el taconeo ansioso de mi madre y las llaves de mi padre con su repicar agudo.

Chasquidos y risas.

El bramido de la pesada puerta de hierro.

El estertor ronco del motor del carro de papá, que intentaba prender al otro lado de la ventana.

El aullido de las llantas acelerando sobre el pavimento. Tan similar al sonido que dejé escapar cuando saqué las manos de entre mi ropa y entendí que papá se había ido otra vez de la casa de los abuelos sin despedirse.

9

La alfombra era rugosa y mientras más la golpeaba con mis puños y mis piernas, más áspera se hacía. No me molestaba rasparme las rodillas y los codos. La fricción funcionaba como una chispa que encendía mis pulmones y costillas para dejar escapar un grito de batalla lleno de rabia. No quería una fiesta. No quería magos ni payasos ni niños en la casa. Ni ponqué ni bombas ni velas.

La voz de mi madre se hacía cada vez más punzante. Penetraba mis nuevas muelas como si fuera la broca fina de un taladro insistente y fastidioso, y cada mención a los preparativos de la gran celebración hacía que mi esqueleto se crispara. Intentaba acercase para calmarme, mientras yo, tirada en el suelo, gritando y llorando, la espantaba. Cada vez que pegaba sus labios a mis mejillas sentía un olor agrio, como si su saliva estuviera compuesta del agua reposada de un florero olvidado, y sus caricias, tan empalagosas como el perfume con olor a cobre que saturaba su cuello, me dejaban con una sensación de vértigo que me hacía retorcer por el suelo.

El día de la fiesta, María había llegado desde muy temprano con Julia y, antes de que yo me despertara, mamá le había puesto uno de mis vestidos y la había peinado con un moño amarillo enorme sobre la cabeza. Al verla no pude contener la risa, sus brazos se veían incómodos y tiesos, apretujados dentro de las mangas del traje que le quedaba corto y ajustado. Se había dejado sus tennis, pues no tenía zapatos elegantes y los míos eran de tres tallas menos. Todo el conjunto parecía un salpicón de remiendos y colores que disonaban con su mueca de fastidio frente al disfraz que le habían obligado a usar. Se veía ridícula. Detuve la burla cuando vi colgado detrás de la puerta un vestido mucho más tieso e incómodo que el que tenía mi amiga y que mamá puso sobre mi cuerpo con fuerza. Sus tres capas de enaguas y las mangas revestidas de pesadas hombreras de las que se desprendían velos y más velos eran una apretada armadura que no me permitía el menor movimiento. Apenas lo tuve encima, se escucharon por toda la casa los reproches de la abuela, a viva voz, diciéndome que anduviera con cuidado, pues en cualquier momento podría rasgarlo.

No quería un vestido. No quería usar los incómodos zapatos de charol. No quería peinados raros. No quería participar de ninguna ceremonia que me obligara a quedarme quieta, lista para las fotos, como si fuera una figura de cera. María, por su parte, parecía encantada con todas estas imposturas y actuaba como si la fiesta fuera más suya que mía.

En un par de horas los invitados comenzarían a llegar. Julia había despejado la sala y algunos salones de la primera planta que, ahora sin muebles, se veían mucho más grandes y fríos. El servicio de banquetes que el abuelo había contratado empezaba a llenar los corredores con mesas larguísimas de vidrio cubiertas con pasabocas, y cada vez que María y yo intentábamos tomar alguno de los pinchos de masmelos o de las salchichas cortadas en flor, la abuela aparecía y nos daba una palmada certera sobre las manos para espantarnos como si fuéramos moscas que sobrevolaban la comida.

En una de esas mesas reposaba una misteriosa caja que había sido puesta con extremo cuidado por dos de los meseros que estaban arreglando todo. Le pregunté a María qué pensaba que había ahí dentro.

¿Dinamita?

¿El corazón de una paloma listo para convertirse en pañoleta dentro del sombrero del mago?

¿Conejos que serían liberados en medio de la fiesta y que roerían los manteles dispuestos para el banquete?

Nos acercamos en puntitas y, sin dudarlo, María destapó el recipiente. Adentro reposaba la inmensa cara de un payaso sonriente recubierta de crema pastelera y trozos de chocolate. Sentí el impulso de hundir mi dedo dentro de su nariz rosada, pero antes de que pudiera extender el brazo, la abuela comenzó a gritar que nos bajáramos de la mesa, que íbamos a arruinar la torta que Álvaro había traído, y apartó el ponqué de cumpleaños de nuestro lado.

Fui ahí cuando me tiré al piso y comencé a gritar y a rugir mi enojo.

Mi llanto era una tempestad que tenía como misión hacer naufragar el barco de la fiesta. La abuela fue a buscar a mi madre y ella acudió a mi llamado, agitada, con las manos arrastrando una cenefa para colgar del techo. De nada sirvieron sus palabras de consuelo o sus promesas. Así tuviera que pasar toda mi vida tirada en el piso convulsionando por mi enfado, iba a salirme con la mía. Iba a impedir la fiesta.

Ella intentaba hablarme de mi padre y de cómo él también vendría a celebrar conmigo, y yo estallaba en rabia pensando en que había pasado una semana desde que se había ido sin darme las buenas noches. Intuía que era un engaño. Mamá, que parecía tener más afán en rellenar la piñata que en atender las llamadas de mi padre, lo ofrecía como un premio si me portaba bien y me calmaba. Después de esa noche en que los vi juntos, cada vez que él llamaba yo sentía que estaba más interesado en hablar con ella que conmigo. Me pedía que la pasara al teléfono y, cuando iba a buscarla, mi madre salía corriendo al baño o me decía que estaba indispuesta para hablar y que luego lo llamaría. Entre dientes refunfuñaba y decía que papá estaba loco y, cuando volvía a tomar la bocina para darle el mensaje y seguir hablándole, él interrumpía mis anécdotas sobre catástrofes y María, y comenzaba a preguntarme por mi madre y a rogarme que hiciera todo lo posible por que él pudiera hablar con ella. Y yo volvía a buscarla y ella volvía a escabullirse y esa coreografía tragicómica se repetía hasta que él desistía y prometía pasar a verme, pero nunca pasaba. No volvía a saber de él hasta que el teléfono sonaba y comenzaba nuevamente el baile de perseguidor y perseguida que me llenaba de tedio.

María miraba la escena impávida, mientras mamá me preguntaba entre susurros si no me daba pena que mi amiga me viera llorando de esa manera. Ella no sabía qué más hacer frente a mi descontrol. Amenazaba con regalar todos mis juguetes, con darme un pellizco que me hiciera llorar en serio, con anticipar el eclipse que se tragaría la Tierra, o con cancelar la fiesta del todo. Mientras más fuerte yo gritaba, más alzaba ella la voz. Parecíamos dos ambulancias que aullaban apuradas por llegar al lugar del desastre. A medida que pasaban los minutos, yo podía ver cómo la paciencia de mi madre se le iba deslizando por el cuerpo, y eso me hacía sentir poderosa.

Quería retarla. Invitarla a un duelo en el que me sentía vencedora desde antes.

Volvió a acercar su boca a mi oído para pedirme, desesperada, que parara el espectáculo que estaba dando. La miré a los ojos y le lancé un zarpazo que alcanzó a arañar un costado de su mejilla.

Un fulgor frío encendió su rostro. Un silencio tenso se posó sobre nosotras.

Se levantó del suelo, sacudió su falda, agarró nuevamente el letrero de «Bienvenidos a mi fiesta» y salió taconeando, apurada, sin musitar palabra.

10

Me divertía halar del caucho que reposaba sobre mi cuello. Llevarlo casi a la altura de la clavícula y luego soltarlo de un tirón. Debajo del mentón sentía un latigazo que también era un cosquilleo que me distraía de la multitud de niños anónimos que se sentaban en torno a mí y me deseaban un feliz cumpleaños. A veces me enrollaba en el dedo índice ese mismo hilo de caucho que sostenía el gorro sobre mi cabeza y lo apretaba hasta que se ponía morado. Otras veces ponía el gorro en mi nariz y lo transformaba en un pico que me hacía sentir como una de las mirlas que se escondían dentro del estudio del abuelo hasta que los invitados se marcharan.

Un desconocido nos había alineado en una fila irregular. Nos ordenaba posar las manos en los hombros del compañero de enfrente y pretender que estábamos viajando en un tren. Él, con su overol fosforescente y su fastidioso falsete, guiaba al grupo y recitaba refranes populares y rondas para que todos cantáramos al unísono.

Bajo su mandato éramos patos que entraban al agua.

Alfeñiques cuyos cuerpos dependían de pitas invisibles que eran haladas de un lado a otro.

Policías.

Ladrones.

Piratas malos con patas de palo.

Estatuas.

Papas fritas babosas. O al menos eso eran los últimos en sentarse.

Él decidía cuándo jugábamos, cuándo comíamos y cuándo debíamos sentarnos en silencio para esperar el show de marionetas o de magia. Cada vez que yo salía de la fila que él armaba o que me quedaba quieta observando en silencio cómo esa masa de desconocidos revoloteaba eufórica bajo sus instrucciones, el hombre se apresuraba a llamarme la atención y a pedir un aplauso o una bulla en mi honor. Insistía en que yo tenía que ser la más participativa y juiciosa, pues era mi fiesta y quería verme hecha una sola sonrisa. Yo le mostraba mis colmillos y le lanzaba miradas sombrías a mi madre que, del otro lado del salón, se divertía coqueteando con Álvaro y conversando con sus amigos.

Nos ordenaba como si fuera un perro ovejero, pero yo pocas veces atendía su mandato. Recuerdo su voz con un dejo de impaciencia cada vez que repetía la instrucción, y luego cuando se ponía el dedo sobre la boca pidiendo que me quedara callada, como si el silencio fuera una herramienta de domesticación efectiva frente a nosotros los salvajes. Necesitaba controlarnos antes de que llegaran los payasos, los encargados de dar inicio a las rifas y a repartir el pastel entre los invitados. Sobre mi cabeza se suspendía la enorme piñata con forma de oso que mamá había engordado, y yo fantaseaba con estirar un brazo y halar de una de las cintas que sostenían su panza de icopor. Codeé a María, que estaba sentada a mi lado, y le hice una mueca traviesa que me permitió comunicarle mi plan sin tener que decirle nada. Alzó la mirada y dejó escapar una sonrisa que rápidamente cubrió con su dedo índice, copiando el gesto que indicaba silencio. Me imaginaba maniobrando ágilmente esas cintas que colgaban sobre mí. Quería reventarlas para dar paso a un alud de confeti y juguetes de plástico que sepultaría al recreacionista y a todos esos niños desconocidos que llenaban sus mejillas con perros calientes y gaseosas.

Un chasquido fuerte en el oído me sacó del tsunami de papel que estaba complotando. Mi padre me saludaba con un sonoro beso en el cachete y se abría campo entre los invitados para sentarse a mi lado. Con las piernas cruzadas, imitaba la manera en la que todos los demás estábamos acomodados frente al teatrino y parecía un gigante en medio de una asamblea de duendes. Me tomó por la cintura y me sentó en su regazo. Comenzó a agitarse con movimientos rápidos y a preguntarme cómo la estaba pasando, si me gustaba lo que estaba viendo, si ya había hecho nuevos amigos y qué me habían regalado, sin darme al menos un respiro. Enmudecida, me quité el gorro de la cabeza y se lo puse a él, halando el caucho con la fuerza necesaria para que golpeara su mandíbula, que también se agitaba inquieta de un lado a otro. El delicado hilo se reventó en el momento en el que rozó su cuello, y papá comenzó a reír a carcajadas mientras todos los otros niños fijaban sus miradas en ese hombre con piel de roble que se había colado en el círculo.

Papá me comía a besos. Me agarraba por la cintura y me susurraba felicitaciones que alternaba con comentarios sobre lo hermosa que me veía con mi vestido.

Luego se quedó callado.

Posó los ojos en el fondo del salón, donde se encontraban mamá y Álvaro, y vi cómo sus pupilas se llenaban de una bruma densa que oscureció todo su rostro. Sentí que su cuerpo se entiesaba bajo mis enaguas y lo abracé fuertemente, como si me aferrara a un viejo madero que flota a la deriva. Se levantó de un salto y pasó al frente. Agarró al payaso líder que sostenía el micrófono y se lo arrebató. Mi padre, el *showman,* infló el pecho y comenzó a hablar a los gritos.

Sus palabras saltaban torpemente entre chasquidos, y la saliva que golpeaba el micrófono hacía que su voz se escondiera detrás de un silbido seco que se entrecortaba. Se presentaba ante una concurrencia que lo ignoraba como el papá de Inés, la dueña de la fiesta, y pedía también aplausos y vivas en mi nombre. Seguía hablando a media lengua, a pesar de la indiferencia del público, y en un momento lanzó un grito en el que pedía silencio. Al ver que la audiencia enmudecía sobresaltada, comenzó a carcajearse y a pedirme que pasara al frente.

Ven, mi amor, acompáñame adonde los payasitos. Al verlo ahí, llamándome con movimientos torpes, mi cuerpo se crispó y sentí cómo la vergüenza me arrastraba. Era una marejada violenta que no me permitía ponerme en pie. Intenté negar con la cabeza para que entendiera que no quería estar junto a él, pero dentro de mi estómago comenzó a formarse un pequeño huracán y opté por quedarme quieta por miedo a que cualquier movimiento brusco me hiciera vomitar.

Papá estiró una de sus piernas hacia el frente y se acercó adonde los niños estábamos sentados. Como si se tratara de una muralla humana, todos al unísono tomamos una bocanada de aire e hicimos un movimiento para estirar el torso y alejarnos de ese gigante que amenazaba con tropezarse y caernos encima.

Mi padre y sus movimientos torpes seguían llamándome. *Ven, mi amor, ven con tu papito.*

Y me tendió la mano. Pero yo continué petrificada, con los ojos fijos en el suelo, mientras sentía todas las miradas inquisidoras de los otros niños cuyos padres no eran monstruos de cuento de hadas. Sus murmullos. Sus reproches. Y luego una carcajada seca y burlona de María, que hizo que mis ojos se convirtieran en una ciénaga de lágrimas henchidas de orgullo, incapaces de correr libres por las mejillas.

Papá era un acróbata sobre la cuerda floja. Viró sobre sí mismo y nos dio la espalda. Retrocedió en una larga zancada y se acercó al otro payaso hasta pegar su rostro a la nariz de goma del otro hombre. Lo tomó por las muñecas y le arrebató un tablón de madera mientras le mostraba los dientes en un gruñido amenazante. Volvió a girar sobre sí y trastabilló un poco. Una sonrisa macabra se dibujó en sus labios. Era como si, por un segundo, hubiera abandonado su cuerpo para ver a ese hombre que era él mismo hacer el ridículo frente a un grupo de niños que lo observaban aterrados.

Volvió a estar frente a mí.

Párate, princesa y acompáñame que no quiero estar solito.

Cerré los ojos y apreté los puños con fuerza.

Mi amor, ven, deja de ser malcriada. Te estás buscando un pao pao.

Y mientras el sonido de la pe y la a se estrellaba contra la estática que producía el micrófono, mi padre tomó el tablón de madera que le había arrebatado al payaso y comenzó a golpearse las piernas emulando las palmadas que me daría si yo no le hacía caso.

Papá me tomó del brazo y me haló con fuerza hasta que los dos estuvimos parados frente a ese público de niños confundidos que aún no resolvían si mi padre era un payaso que había perdido el maquillaje o un ayudante de mago desorientado.

Ahora vamos a ir adonde la mamita a preguntarle si nos quiere.

Y comenzó a andar aferrándose de las cabezas de algunos niños. Esquivaba sillas con destreza y no reparaba en que el cable del micrófono se enredaba por su torso y piernas como si fuera una serpiente. Pensé que en el momento en el que finalmente arribara hasta el fondo del salón, el público iba a reventar en aplausos pues, más que los pasos vacilantes de un borracho, el espectáculo que estaba dando parecía una proeza digna de un acróbata.

Princesa, ¿tú conoces al señor que está con tu mami? Nos vas a presentar...

Papá posó la mano izquierda sobre la pared y comenzó a hablarle a mi madre al oído, sin importar que el micrófono amplificara sus susurros y los convirtiera en chasquidos pastosos que resonaban por todo el salón. Mamá hizo como si no se diera cuenta de lo que sucedía y no estableció contacto visual alguno. Frente a su indiferencia, papá se desesperaba y alzaba la voz. Mi madre continuó impávida, con la mirada lejos, hasta que papá comenzó a acariciar sus rodillas con el tablón de madera que tenía en la mano. Lentamente fue trepando por su pierna hasta levantar la falda corta que traía puesta y continuó subiendo hasta dejar en evidencia una carrera que traía en la pantimedia a la altura del muslo. A medida que papá la recorría con la tabla, los hombros de mi madre se tensaban justo de la misma manera en la que lo hacían cada vez que el abuelo subía la voz. Su respiración se hizo más agitada y el labio de abajo vibró como un diapasón inquieto.

—Javier, por favor, basta —dijo sin voltear el rostro para encararlo—. ¿No se da cuenta de que la niña nos está esperando para que vayamos a partir el pastel que le trajo Álvaro?

Mamá dio unos pasos adelante hacia donde se encontraban los niños sentados y posó sus manos sobre las espaldas de algunos. Con voz dulce les ordenó que hicieran una fila al lado de la mesa principal porque había llegado la hora de comer torta. Y entonces.

11

El salón principal se convirtió en un campo de batalla.

Un Mickey Mouse enorme que movía la cabeza al ritmo del baile del perrito fue el encargado de pedirles a los adultos, valiéndose de una torpe mímica, que despejaran el lugar para poder darle inicio a la contienda. El recreacionista organizó seis sillas puestas en fila en el centro de la sala y nos explicó, entre chistes flojos y rimas, que ese sería el territorio que los niños deberíamos conquistar por medio del baile. La logística de esta guerra era muy sencilla. Cada uno de nosotros rondaría los muebles, acechándolos como jaguares que en silencio observan el movimiento de la presa, y en el momento en el que la música se detuviera tendríamos que saltar sobre las sillas y ocupar una de ellas. El que no lograra sentarse perdía y debía marcharse humillado y derrotado, mientras que quien resistiera todas las rondas se coronaría como dueño y señor de la fiesta y se llevaría un peluche gigante empacado en papel celofán que los payasos exhibían como el premio mayor en un programa de concursos.

Al otro lado del salón se encontraba María. Bailaba trepada sobre los pies de mi padre y reía con cada uno de sus movimientos toscos. Yo era quien le había enseñado a bailar y ahora ella tomaba mi lugar como una intrusa. Recordé el sonido de sus carcajadas burlonas cuando él me llamó al frente y sentí cómo un grito visceral me instaba a arremeter contra ella para quitarla de su lado. Comencé a salivar y a gruñir. Mi misión era ganar la contienda, vencer a María, alejarla de mi padre y hacerla llorar frente a todos esos niños desconocidos de la fiesta.

Cuando comenzó la competencia me transformé en Inés guerrera. Inés dientes de sable. Inés zarpazo certero.

Uno a uno, fui derrotando a mis contendores valiéndome de mi agilidad y de mis uñas afiladas. Logré diseñar una técnica en donde bordeaba las sillas rozándolas apenas con la punta de los dedos mientras sacudía los hombros al compás de Las Chicas del Can. Luego, cuando la música se detenía, apoyaba la mano sobre la superficie plástica y me impulsaba para saltar y apropiarme de la silla. Si alguno de mis oponentes osaba disputar ese territorio, no tenía ningún reparo en darle un codazo o morderlo. Así fui derrotando a los invitados de mi fiesta, hasta que al final quedó únicamente una silla por la cual debería batirme a muerte con María.

Como antesala a la gran final, los payasos llamaron a todos los invitados para que se acercaran a ver la competencia. Como si se tratara de una final de boxeo, nos tomaron a cada una del brazo y nos presentaron ante nuestra audiencia. En esta esquina, María sonrisas, los crespos más rápidos de Occidente. En esta otra, Inés la cumpleañera, quien estrena la fuerza titánica de los siete años recién cumplidos para abatir a cualquier contrincante.

Y comenzó a sonar la música.

No podía dejar de mirar fijamente a María. Quería que se sintiera intimidada y que entendiera que la estaba retando a un duelo en el que mi honor y el honor de mi padre estaban en juego. Nadie más podía bailar así con él y mucho menos en mi fiesta. Ella me sostenía la mirada y a veces arrugaba el entrecejo en una actitud desafiante. Yo respondía con un ladrido agudo y me apoyaba sobre los bordes de la silla esperando con ansiedad a que la música dejara de sonar. Para aumentar la expectativa, el recreacionista hacía varios amagues que dilataban el momento definitivo y aceleraba y ralentizaba las canciones para que nos moviéramos al compás del ritmo que él estaba manipulando. Para mí, no había nada en el mundo fuera de

María. Ni las palmas con las que los adultos acompañaban la música, ni los ánimos que mi madre me daba con gritos y vivas, ni la narración estilo comentarista de fútbol de los payasos. Mi concentración sólo estaba fijada en ganarle esa silla que aparecía frente a mí como un baúl lleno de provisiones en medio de una isla abandonada.

El salón se quedó en silencio. Y María y yo nos abalanzamos la una sobre la otra.

12

Me estrellé contra un casquete polar. Una pared de hielo me golpeó las costillas y me arrojó al suelo. Eran los filudos huesos de la cadera de María que me tumbaron justo en el momento en el que había logrado sentar medio cuerpo sobre la silla. Me empujó con fuerza y salí volando lejos del premio mayor. Tirada en el piso, apenas alcanzaba a escuchar los gritos de los payasos que pedían una bulla en honor a mi amiga. Como si mis vértebras fueran un resorte, me levanté rápidamente y desatendí el dolor que trituraba mis muñecas. Tomé impulso y corrí hasta donde estaba ella. Mis manos se convirtieron en el aguijón ponzoñoso de un alacrán y le di un pellizco que supuraba toda la rabia que estaba conteniendo en mi estómago. María no se quedó quieta y comenzó a halarme el pelo. A pesar de que mis uñas se habían marcado sobre su brazo, ella seguía aferrada al peluche que había ganado en nuestra contienda.

—¡Démelo, María, ese premio es mío!

—¡Quítese, Inés! Yo gané.

—No señora. Mucha tramposa.

—¡Qué va! Mi papá me enseñó que la trampa es mala. Yo no soy como usted.

—¡Cállese, sirvienta!

Y a medida que esas palabras salían de mí, como si se tratara de bodoques tan mortales como odiosos, sentí cómo el estanque que se había formado anteriormente en mis ojos se derretía y se deslizaba por el rostro para posarse sobre la lengua. Sin pensarlo dos veces, me tragué un buche gigantesco de esa saliva pantanosa y la expulsé en dirección a la cara de mi amiga. Pero ella supo esquivar el escupitajo y este cayó sobre el hocico del conejo de peluche que ambas codiciábamos. De un zarpazo le arrebaté el conejo y lo abracé contra mi cuerpo para protegerlo de los embates de las garras de mi examiga quien, en un momento, me tomó con fuerza por las axilas y comenzó a cosquillearme hasta que no tuve más remedio que soltar mi presa.

Alrededor de nosotras se encontraba una turba de adultos y de niños que miraban la pelea asombrados. Por un momento, una embriaguez ligera se apoderó de mí. Sentí que ellos eran el público de un circo y estaban ávidos de espectáculo, entonces comencé a escupirlos y a exagerar mi pataleta. A medida que mis babas pegachentas los salpicaban, la muchedumbre se iba retirando. Sin embargo, yo seguía en mi trance destructivo, dando vueltas por todo el salón, como si fuera un tornado minúsculo.

Frente a mí apareció la abuela. Chirriaba sus dientes y me pedía que me calmara con una amabilidad fingida que disfrazaba detrás de una sonrisa tiesa. Yo agitaba los brazos con más fuerza, como si estos se hubieran convertido en las aspas de un helicóptero dispuestas a arrasar con ella, mientras mi abuela sólo repetía que me callara. Que no la hiciera quedar peor con los invitados. Que no fuera tan mimada. Y, con mucho disimulo, me pellizcó el costado para que cogiera escarmiento.

Paré el movimiento de mis articulaciones y me doblé del dolor.

Desde ese ángulo vi cómo las piernas de mi padre se apuraban hacia el lugar en el que estábamos y sus manos jaspeadas empujaban lejos a la abuela.

De repente, todos en el salón se convirtieron en los antagonistas de una telenovela que comenzó a trasmitirse frente a mis ojos. Gritos y reproches. La abuela y papá discutían y sus palabras se mecían de un lado a otro como si estuvieran disputando un partido de ping-pong. A sus quejidos se sumaron los rugidos de la bestia, medio borracha, y las frases iban y venían de una manera tan acelerada que ninguno de los bandos escuchaba muy bien lo que el otro estaba diciendo. Mi madre intentaba separarlos, pero todos sus esfuerzos resultaban en vano. Los insultos y gruñidos comenzaron a aglutinarse en una madeja enredada que no tenía principio ni fin.

Por el rabillo del ojo alcancé a ver a María reptando hacia el conejo que se encontraba abandonado sobre una de las mesas del fondo del salón. Creo que fue mi madre quien lo puso allí, lejos de mí, pensando ingenuamente que si dejaba de tener al premio en mi campo visual olvidaría la pelea. Por su parte María, de manera taimada, miraba hacia todos los lados y se acercaba lentamente hacia el objeto codiciado. Había aprovechado que mi atención estaba ahora en los adultos, para hurtar el premio que me pertenecía por derecho. Me puse en cuatro patas y enfilé camino hacia donde estaba mi contrincante. Tenía que impedir el saqueo.

El ruido blanco que se había formado con las voces superpuestas de papá, mamá y los abuelos se detuvo de repente. La bestia gruñó algo sobre sacar a mi padre de ahí así fuera a plomo y se retiró al estudio. La gruesa voz del abuelo ocupaba casi el mismo espacio que la pesadez que orbitaba en el salón y, con su partida, volvió el silencio. Hasta que mi padre tomó una bocanada de aire e imitó el rictus estirado de la abuela. Luego, como si fuera la sirena de un barco que atraviesa niebla espesa, sus palabras rompieron la calma:

—Claro, como yo no tengo plata entonces le huelo a mierda. ¡Vieja frígida!

Javier, cálmese, hermano.

La voz pausada de Álvaro chirrió por todo el salón como si unas uñas afiladas rasguñaran un tablero. Sentí el sonido grave de sus palabras retumbando dentro de mi boca. Me destempló los otros dientes que apenas se estaban aflojando. Le lancé una mirada de desdén esperando

127

que su intento pacificador fuera en vano. Rogué por que la pelea entre los adultos continuara para poder gatear, invisible, hasta donde se encontraba María, a quien sólo le bastaba un manotazo para cazar al conejo.

Con tono conciliador, Álvaro se acercó a mi padre y siguió hablándole de manera amigable. Parado a su lado, mi padre no se veía tan alto, y la prominente barriga del novio de mi madre hacía que pareciera escuálido y desgarbado, en contraste. Papá intentaba apartarlo, pero el agarre de Álvaro era mucho más fuerte. Sobre el piso percudido por las huellas de la fiesta, yo movía codos y rodillas con sigilo mientras calculaba la distancia necesaria para tumbar a quien osaba quedarse con eso que era mío.

¿Por qué mejor no se retira?

Y justo en el momento en el que Álvaro haló el brazo de mi padre con la intención de escoltarlo fuera de la casa, me lancé sobre María y le arrebaté el conejo de las manos. Mi salto desde el piso fue tan potente, que al empujarla hice que se tropezara con uno de los cables de los amplificadores de la fiesta y lo único que detuvo su caída fue el afilado borde de vidrio de una de las mesas que estaba en la sala. Chocó su cabeza contra la esquina y el golpe fue estrepitoso, tanto que las lágrimas de la lámpara de vidrio comenzaron a sacudirse en un vaivén que hizo que se estrellaran unas con otras. En la sala no se oyó nada más que el sonido de los vidrios centelleando.

O tal vez era el cráneo de María crujiendo.

En cuestión de segundos, un débil arrollo de sangre se convirtió en un charco escarlata que inundó el piso marmóreo. Si cierro los ojos, todavía se me aparece el resplandor de ese lago bermejo bajo mis zapatos negros de charol, igualmente brillantes.

13

Inés. ¿Qué pasó? Inés.

La voz de mi madre era distante como un canto de sirenas. Mi mente estaba congelada, al igual que las palabras que necesitaba para explicar por qué María yacía en el suelo. Presa de ese instinto urgente que tanto le había servido para librarse de las catástrofes, mi madre se acercó hasta María y levantó su cabeza con dulzura. Evaluó la gravedad de la herida y posó sobre ella un trapo para detener la hemorragia, le pidió a Julia, quien estaba completamente pálida tras ver la caída de su nieta, que trajera un botiquín y algunos instrumentos de aseo para limpiar el piso. Papá se acercó a ella y le preguntó en qué podía ayudar, le recordó que él también sabía algo de primeros auxilios. Mamá sólo le lanzó una mirada fría y, después de quedarse un tiempo en silencio, le pidió que si realmente quería sentirse útil lo mejor sería que llevara a María, quien aún no recobraba la conciencia, a un servicio de urgencias. Esa idea la secundó Álvaro, quien se ofreció a pedirle un taxi y hasta ayudarlo con la tarifa: cualquier cosa que necesitara para sacarlo de la casa.

La bestia rugió desde la parte superior de las escaleras, ignorante de todo lo que había sucedido con María. Desorientado por los gritos de la abuela, que le pedían que se detuviera pues lo importante ahora era llevar a la niña al hospital, se apresuró a bajar vociferando insultos, y sólo paró cuando estuvo frente a nosotros. Sus garras enormes frotaban la empuñadura de madera del rifle, mientras miraba fijamente a los ojos de mi padre con una sonrisa macabra que se le dibujaba sobre el rostro. Salivaba. Quería devorarlo de un solo bocado y chuparse uno a uno el tuétano de sus huesos.

Las manos temblorosas de la bestia se agitaban y esto hacía que el arma oscilara de un lado a otro. Era como si el rifle se hubiera convertido en una prótesis de sus extremidades, poderoso y cargado, listo a detonar sobre cualquiera que no siguiera la línea de sus caprichos. La boca del arma parecía el fondo de un pozo oscuro e infinito, al cual quería acercarme para ver por fin mi reflejo. Narcisa, temerosa, fantaseaba con cualquier figura que se asomara desde la oscuridad del rifle. Intuí que en el fondo de ese estanque de pólvora se encontraban todos los secretos del fin del mundo. También tuve el deseo de acariciar el arma y di un paso hacia el frente pero, de manera certera, mamá me apartó del camino. La respiración agitada y nerviosa de mi padre era un croar ronco que retumbaba por las paredes.

Parecíamos un grupo de odaliscas que se escabullen de noche cuando el tirano duerme. Calculamos las exhalaciones, medimos cada movimiento, cuidamos hasta de nuestros parpadeos para no ofender a la bestia. Cualquier gesto que leyera como señal de desagravio podría avivar su furia y detonar los cartuchos torpemente cargados. Desde donde estábamos, alcanzábamos a ver sus gestos perversos. La manera en la que se complacía al palpar el miedo de mi padre, quien no era capaz de sostenerle la mirada y tapaba sus ojos casi entre sollozos. Cada chillido débil, cada temblor de pájaro, hacía que la bestia se carcajeara y frotara con más placer el arma que empuñaba. Mi padre no oponía resistencia alguna y, a cada burla, respondía con un sonido más parecido a un silbido que a la enunciación de cualquier palabra.

Pero algo en la escena estaba fuera de foco. Más que apuntar la escopeta con gracia hacia mi padre, el abuelo parecía un niño jugando con un palo de escoba a los indios y los vaqueros. En medio de su borrachera, blandía el arma con torpeza y no atinaba a acomodar sus dedos regordetes sobre el gatillo. Mamá percibió que la amenaza provenía más del descuido con el que la empuñaba, que de un conocimiento diestro del arte de la caza y, sin dudarlo, se paró frente a él y le pidió que se calmara.

—¿Y usted qué es lo que piensa hacer con eso, papá? —espetó mi madre, como si estuviera reprendiendo a un niño travieso. Agarró con firmeza la boca del rifle e hizo que apuntara hacia el suelo, como si eso que tomaba entre las manos fuera una fruslería. Nada menos importante que el remanente de un capricho necio—. Javier, ya llegó su taxi. Recuerde estar llamando todo el tiempo para contarnos cómo sigue la niña.

Los ojos de la bestia se atizaron con rabia y lanzó un par de gruñidos que hicieron que me replegara hacia donde estaba mi padre. Lo tomé por las piernas y lo agarré con temor de que la bestia se le lanzara encima en uno de sus impredecibles arrebatos. Pero ni Julia ni la abuela parecían atender sus amenazas, pues estaban ocupadas con las tareas que mamá les había dado en ese hospital improvisado. Ante la indiferencia de sus súbditos, el abuelo respondió con una última exhalación ahogada. Soltó el arma frente a la mirada fija de mi madre y se dio la vuelta para retirarse del salón, convertido en un animal cansado y derrotado.

Sentí el impulso de abrazar a papá por la cintura, pero se alejó de mi lado. Yo no lo sabía en ese momento, pero ya la tierra se estaba resquebrajando. El afilado precipicio que se abriría entre nosotros apenas se esbozaba. La distancia entre su cuerpo y mis brazos era sólo el primer atisbo de su ausencia. Se aproximó a María, quien no despertaba, y pasó sus manos por detrás del cuello de ella. La levantó con una amplia sonrisa y la llenó de palabras dulces, como si fueran una pareja de recién casados que atraviesan el umbral de un cuarto de hotel donde los aguarda el futuro de una vida juntos. Yo también levanté los brazos esperando a que mi padre me llevara consigo. Bajé la mirada y vi sobre el espeso charco de sangre el reflejo de papá que se marchaba nuevamente sin despedirse. Respiré profundo y cerré los ojos Tal vez fue la epifanía momentánea de una pitonisa la que me llevó a abrir los ojos para volver a ver la silueta de mi padre reflejada sobre esa ciénaga escarlata. Dejaría a María y regresaría por mí y por fin nos iríamos lejos. Pero cuando fijé la mirada sobre el cuerpo de agua que se extendía sobre el suelo, él ya no estaba. El lago solamente espejeaba mis piernas, que no dejaban de temblar, y el resplandor de la lámpara enorme de la sala.

Me tendí sobre el charco. Di un par de brazadas y patadas para reafirmar mi condición anfibia. Tal vez si me viera nadando, papá volvería a mi lado.

14

La noche en que mi padre se marchó con María anunciaron el fin del mundo.

O al menos eso dijeron en la radio mientras discutían el eclipse que al otro día prometía apagar el Sol. Del otro lado del transistor, la apocada voz de una experta explicaba con cuidado la manera en que la Luna, la Tierra y el Sol se alinearían en fila y por unos segundos se haría de noche al mediodía. Hablaba sobre astrónomos chinos que fueron decapitados por no poder justificar de manera racional ese fenómeno que tanto asustaba al Emperador y recalcaba, con bastante frecuencia, que lo único que no era permitido durante el momento del eclipse era ver el cielo directamente.

Mientras esperaba el regreso de mi padre, imaginé el sonido del Sol apagándose. Oscilaba entre la posibilidad de que el eclipse estuviera acompañado por el trueno fuerte del astro sofocado o el rumor silencioso del viento que acompaña una noche que no vuelve a ser día. Imaginé las playas desiertas a mediodía, iluminadas solamente por la luz de la luna, anchas, blanquísimas, segundos antes de que todo acabara. Imaginé las entrañas oscuras de la montaña estallando, convirtiendo en lodo y cal todo aquello que no fuera campo. Imaginé la lluvia secándose instantes antes de caer indiferente sobre lo baldío, e imaginé una tropa de animales inquietos intentando escapar por los bordes de la tierra. Mis paisajes se recubrieron de miedo y se instalaron detrás de los párpados, mientras intentaba mantenerme despierta esperando a que mi padre volviera.

Los ojos me ardían por el deseo de verlo nuevamente. Los froté con fuerza. Mi mirada se nubló con gusanos iridiscentes que se movían de un lado a otro y esto me asustó tanto que cerré los párpados y esperé a que se alejaran con su perversa transparencia. Respiré profundo. Todo estaría bien en unas pocas horas cuando papá llegara. Me imaginé tomando sus manos toscas. Me las llevaría al rostro, chuparía sus dedos y le pediría que me leyera en voz alta los fascículos de la enciclopedia en donde nombraban uno a uno los diferentes tipos de dinosaurios que alguna vez habían existido sobre la Tierra. Cuando estuviéramos juntos, caminaríamos por el campo y recogeríamos piedras con formas raras y falsos tréboles de cuatro hojas que yo guardaría como tesoros. Al caer la tarde nos tenderíamos sobre el suelo mullido del bosque de pinos detrás de su casa y comeríamos chocolates. Rasgaríamos con cuidado el papel de estaño que los recubría para desprender las láminas que traían adheridas como premio. Allí aparecerían, por un lado, los retratos de osos polares, lobos, zorros silvestres, liebres, ballenas y, en el dorso, su nombre científico y una descripción breve de su comportamiento. Con voz firme, papá pronunciaría Ursus maritimus o Canis lupus y declamaría las costumbres mamíferas de estos predadores mientras yo, adormecida, sentiría su respiración tibia detrás del cuello.

Luego esperaríamos a que llegara el eclipse. Él me posaría sobre sus hombros y me pediría que no mirara directamente al cielo. Con cuidado pondría sobre mi cabeza el visor intergaláctico y me instaría a abrir los ojos. Justo cuando el Sol comenzara a apagarse, papá me agarraría fuerte de las rodillas y no me dejaría caer.

Me quedé dormida pensando que, quizás, a su lado no volvería a temer al fin del mundo.

15

Pronto terminó la espera. Muy temprano en la mañana, mamá me pidió que entrara a bañarme con ella para
que ahorráramos algo de tiempo. Su afán sólo reforzaba la
intuición de que más pronto que tarde me reencontraría
con mi padre. Recuerdo ese día porque estaba muy a gus-
to dentro de la ducha con mamá. Después de que me en-
jabonó y me juagó, estuve observándola medio hipnotiza-
da. El agua caía verticalmente desde la regadera hasta su
cabeza y se deslizaba por sus pechos con la fuerza de un río
que llega hasta un abismo para transformarse en cascada.
Mi madre, convertida en imponente accidente geológico,
se mantenía indiferente al curso del agua que bordeaba las
líneas de su cuerpo y continuaba entonando canciones de
mujeres que prometían no volverse a enamorar o que se
quedaban maullando bajo la lluvia. Bajé la mirada y me
lamenté porque el agua no rebotaba sobre mi torso que,
en su planicie, se asemejaba más a un rectángulo sin gracia
que a una montaña escarpada. Tal vez esa condición telú-
rica era la que alentaba a mi padre a estar cerca de ella. Yo
era sólo un animal plano. Inés gusano vertical, obligada a
hacer su casa cerca de la montaña, resignada a no ser la
montaña nunca.

Repté a través de la espesa niebla de vapor tibio que
salía del baño. Llegué al cuarto salpicando el piso con las
gruesas gotas de agua que resbalaban por mi cuerpo.
Mamá pasó la toalla por sus piernas y sus hombros con
afán y luego se la amarró a la cabeza a manera de turbante.
Mientras estiraba los dedos de los pies, convirtiéndolos en
afiladas puntas de lanza, y enrollaba las pantimedias hasta

volverlas un agujero por el cual podría ensartarlas, me pidió que me fuera vistiendo, pues en menos de una hora pasarían por nosotras.

Sobre la cama, mamá había tendido la ropa que yo usaría ese día. Pero no quería vestirme y la arrojé lejos. En mi desnudez me sentía libre. Me trepé sobre la cama y comencé a saltar. Sentía cómo las gotas de agua se desvanecían con el movimiento de mi cuerpo. La larva dejaba de ser viscosa, ahora tenía alas. Graznaba cada vez que el colchón me tiraba arriba. Era hermana de las mirlas. Estiraba una mano para poder alcanzar el techo y sentía cómo la sangre recorría hirviendo mis brazos despojados de plumas.

Era Inés pájaro, lista a emprender un viaje migratorio acompañada de mi padre.

Con impaciencia, mamá me tomó por los pies y los calzó. Levantó mis brazos con brusquedad y, de repente, todo se hizo oscuro. Había cubierto mi cabeza con un buzo de algodón que nublaba mi vista. *Te estoy pidiendo desde la mañana que seas rápida y no haces caso.* Escuchaba las palabras de mi madre con dificultad, pues las mangas descansaban sobre mis orejas. *Vístete rápido que ya nos tenemos que ir.*

—¿Ya casi van a volver papá y María? —pregunté con entusiasmo.

Antes de que ella pudiera responder, escuchamos la voz de la abuela del otro lado de la puerta avisando que nos estaban esperando. Debíamos apurarnos. Ante la ausencia de Julia, alguien debía tapar las mirlas en la cocina para que no se enloquecieran con la falsa noche que anunciaba el eclipse.

Con dulzura, mamá acercó su rostro a mi rostro. *Termina de vestirte rápido para que podamos ver lo que va a pasar en el cielo* y abrió la puerta del cuarto para que él siguiera.

Una sonrisa se dibujó sobre mi rostro mientras veía cómo un par de zapatos gigantes de cuero entraban tímidamente al cuarto.

Subí la mirada esperando encontrar los ojos de pez de río de mi padre. Pero no estaban. Frente a mí se encontraba Álvaro, quien se acercó y palmoteó mi cabeza de manera torpe, como si estuviera acariciando un perro.

—¿Y papá? —le pregunté confundida a mi madre.

Mamá se dio la vuelta indiferente a mi pregunta. Tomó a Álvaro por la espalda y comenzó a besarle el cuello. De fondo escuchaba el canto agitado de las mirlas, desorientadas porque empezaba a caer sobre ellas el manto oscuro de una noche al mediodía.

16

Salí corriendo hacia la cocina, intentando remediar el descuido de la jaula. Frente a ella estaba María. Miraba de manera fija el aletear anárquico de las aves y permanecía inmóvil mientras chocaban sus cuerpos contra el metal oxidado que las contenía. Me acerqué hasta donde estaban ella y las aves y abrí la puerta para que pudieran escapar del caos. Creo que se tomaron un momento para entender que eran libres, y cuando lo hicieron, salieron revoloteando por la cocina. Las perseguí por la casa. Mi aleteo rebotaba por los corredores y por las paredes. Era un hilo sonoro que se hilvanaba y deshilvanaba a medida que recorríamos los confines del laberinto.

A lo lejos, la pesada puerta de metal. De llegar a abrirla, tanto las mirlas como yo seríamos libres.

Empujé con todas mis fuerzas y le hice un guiño a María para que me siguiera. Solté un bramido tan fuerte que las lágrimas de vidrio de todas las lámparas de la casa se estremecieron ante mi ferocidad.

Salimos. Las niñas y las aves en fila, mientras la oscuridad comenzaba a manchar el cielo.

Estaba descalza y sentí el asfalto arder bajo mis pies. El sol del mediodía que aún alcanzaba a verse rasguñaba mi frente.

Volví a bufar y me puse en cuatro patas. La única manera de llegar a la calle y comenzar a buscar a mi padre, quien ya debía estar cerca, era convertirme en Inés pantera. Cazadora de presas grandes, felina de pelaje grueso. Las minúsculas piedras del asfalto se aferraban a mis manos y mis rodillas. Con fuerza, me impulsé para lograr una velocidad suficiente que me hiciera llegar al medio de la calle en donde debería estar papá. Pero él no se veía por ningún lado. El mutismo repentino de la ciudad se coló por entre mis oídos y me hizo sentir vértigo.

Rugí con fuerza para interrumpir ese silencio.

Me llevé las manos frente a los ojos para protegerme del sol y miré a ambos lados nuevamente. Tal vez lo había perdido de vista por un instante.

Tenía que estar segura.

Cuadrúpeda, avancé unos cuantos metros y me acerqué hasta donde estaba un poste de luz. A sus pies se encontraban unas bolsas de basura a las que les ladré con fuerza, en un intento por llamar a mi padre, quien tal vez se encontraba allí dentro. Pero no había nadie. Sólo un par de palomas merodeaban cerca de unos restos de comida que habían sido abandonados, y con mi galopar, se habían espantado. Ahora reposaban sobre los cables de la luz. Rugí nuevamente para espantarlas.

Todavía no estaba oscuro. Algunos fragmentos de vidrio resplandecían sobre el pavimento y lo hacían ver como un oasis. El espejismo daba la impresión de que la calle ondulaba y sentí como si estuviera arrodillada sobre un lago congelado, justo antes del deshielo. Sobre el pavimento, los pies comenzaron a temblar y pensé que iban a transformarse en una materia tan líquida como el suelo sobre el que estaba. Tuve miedo.

En un intento por sostenerme, froté las manos y las rodillas sobre el asfalto y sentí cómo las minúsculas piedrecillas colgaban de mi piel. El ardor de ese pellizco hacía que la sensación de mareo se diluyera y me sentí anclada sobre el pavimento.

A pesar de los temblores de mi cuerpo, me mantuve en mis cuatro patas.

Una sombra comenzaba a tragarse todo, y quise que esa oscuridad, que lentamente comenzaba a devorar el cielo, me engullera a mí también. A pesar de mi condición salvaje, me sentía inquieta. Di un rugido que salió del fondo de mi garganta y tomé la fuerza necesaria para pararme en dos patas. Necesitaba tener una visión más amplia de los lugares en donde mi padre podía estar escondido, y comencé a girar sobre mí misma como un gato que se persigue la cola.

Extendí los brazos. A medida que aumentaba la velocidad, todo lo que me rodeaba comenzó a desvanecerse en una mancha informe. Pensé que si daba muchas vueltas, todo eso que estaba afuera podría volverse a armar como si fuera un rompecabezas puesto a mi antojo.

Las posibilidades eran infinitas.

A lo lejos escuchaba los gritos de mi madre que me pedían que parara o tal vez anunciaban la llegada de papá. A su lado, Álvaro se mantenía como un espectro. Me detuve y sentí cómo la sangre se me subía a la cabeza. El mareo hacía que mi cuerpo se sintiera ligero y di tumbos de un lado a otro, intentando volver a encontrar mi eje. Caminé unos cuantos metros lejos de la casa y vi una silueta que me señalaba el cielo. Por fin papá había llegado. Pero su cuerpo comenzó a diluirse entre los curiosos que salían a ver el fenómeno astronómico y lo perdí de vista. El día continuó oscureciendo y recordé las advertencias de la radio: durante el eclipse no se debía ver directamente al Sol.

Todo se volvió silencio. El Sol se había transformado en una media luna y la falsa noche nos cobijaba. Papá no estaba por ningún lado, había incumplido nuestra cita. La Luna continuaba su tránsito y sólo quedaba un minúsculo resplandor antes de que se apagara el Sol. Llegaba el momento del fin del mundo y él no estaba a mi lado. Ya no seríamos cómplices ni testigos de la catástrofe.

Sin alzar la mirada, me lancé sobre el primer cuerpo que tuve cerca, como si fuera una presa inversa que se tira a las fauces de su verdugo. Quería colgarme del cuello de este hombre para que me llevara hasta un lugar donde pudiera comenzar una nueva vida. Un lugar para observar la llegada del fin de los tiempos. Sería un nuevo padre; la promesa de una nueva casa. Pero no encontré la calidez de un abrazo. Sólo la imagen de unos pies ensangrentados que se retorcían y sobre los que descansaba ahora un costal lleno de vidrios. Me acerqué para besarlo y pedirle que me llevara con él, pero, frente a sus labios, sentí sobre mi aliento el aliento agrio de otro mamífero. Miré dentro de sus ojos grises y vi cómo su hocico hacía una mueca incómoda. Entendí que ese lobo extraño tampoco quería ser mi padre. Dio un manotazo y me tiró nuevamente al asfalto.

Alcé la cabeza hasta que el delgado halo solar que aún permanecía me acarició el cabello. Mostré los colmillos y abrí los ojos. No tuve miedo de mirar directamente al cielo.

Agradecimientos

Quisiera agradecer a Alejandro Gómez Dugand, Andrés Burgos y Alejandra Algorta por ayudarme a darle forma a este relato. A Giuseppe Caputo, Catalina Arango, Camilo Jaramillo, Camilo Jiménez, Mónica Palacios y Juan José Richards por las lecturas y sugerencias que hicieron a los múltiples borradores de este texto. Gracias también a Adriana Martínez por su trabajo cuidadoso como editora, y a Amalia Andrade, Ximena Gama y María Fernanda Prieto por sus continuos vivas.

A Diego Esquivel, Gloria González y Ana María Esquivel por creer que mi habilidad para armarme historias en la cabeza siempre podría llegar a un buen puerto.

Sobre el autor

Gloria Susana Esquivel (Bogotá, 1985). Es periodista, traductora y poeta. Ha colaborado en medios colombianos como *Revista Arcadia*, *SoHo*, *Bienestar*, *Bakánica* y *Diners*. Sus poemas han sido publicados en la *Revista de Poesía de la UNAM*, la revista *Palabras Errantes* y la revista *Matera*. Ha colaborado con el artista Daniel Salamanca en proyectos que conjugan poesía, narrativa y artes plásticas. Realizó un Máster en Escritura Creativa en la Universidad de Nueva York (NYU). Su poemario *El lado salvaje* fue publicado en 2016 y desde hace siete años escribe un diario personal que puede leerse en http://juradopormadonna.tumblr.com/archive

Animales del fin del mundo es su primera novela.